里下河生态文学写作计划丛书

未名和时间

邵连秀◎著

中国民族文化出版社
北 京

苏若兮,本名邵连秀。一个热爱写诗的人。

现居高邮湖西。

著有个人诗集《缓解》《扬州慢》。

中国作家协会会员。

寄语与期待（代序）

叶橹

多年以前曾经读过苏若兮的诗集《缓解》，当时给我留下了较为深刻的印象。因为在江苏的女诗人中，像她这种风格的似乎不多。简单地说，她的语言方式和意象表现，存在着一种怪异的氛围。我虽然对她诗中的奇特性有较深的印象，但对其前景并不特别看好。因为我读过不少这一类诗人的作品，往往在看似异军突起的冒尖之后，接着就沉寂下去。如今事隔多年之后，她把这部诗集的打印稿交给我，想我给她写几句读后感之类的话。

我在通读了她的这些诗之后，不禁有一点"士别三日"的意味。再仔细琢磨了一下诗集的名字《未名和时间》，这是不是正意味着她本人的一种沉思与反顾呢？《缓解》表现的是一个青年女性内心的跃动与幻梦，而这部《未名与时间》，是不是对于岁月流逝在她内心深处留下的不确定性的刻痕呢？能不能给自己在岁月的流逝过程中做出定性的价值定位，是每一个从事诗歌创作的人毕生所思考的一个"人生之问"。苏若兮从青年走向中年，自然会有她许多的思考。作为历史的匆匆过客，每一个人在"向死而生"的过程中，总是会碰到难以计数的困惑与纠缠，诗人更是如此。我在读苏若兮这部诗集时，能够体察到她那种内心的复杂思绪；但是作为女性，她的视野难免较为狭窄，她的内心也不那么博大。

这些在既往的诗评中，常常作为缺点而被指出的特征，无疑会成为苏若兮诗歌的一种本性而存在着。

但是我现在想着重指出的，并不是对这种缺点的指认，而是想从中发现一些属于人性和诗性本质存在着的特点。

苏若兮的诗，就总体而言，无疑是属于所谓题材狭窄又心胸不够宽广的类型。但也正是因为如此，她的诗恰恰显示出其特点。从文学创作的角度着眼，写什么并不是最重要的，怎样写才是决定其艺术生命力的关键。历史上有一些写所谓重大题材的作家，其作品并没有得以流传，而有些只写个人生命感受的作品，却被千古传颂。在这些方面，诗歌似乎更具有特性。我读遍苏若兮的这些诗，似乎很难读出什么豪言壮语、雄心壮志，但是她的那些属于个人生命感受的诗，却往往给我留下了鲜明的印象。她发表在2014年第8期《诗刊》上的那一组有关"辞"的诗，或许可以看成是她内心深处颇为复杂的思绪。那些有关她的种种心声，我们不妨看成是一个女性在其生命体验中的诗性表达。试举其《瀑布辞》为例：

当梦开始包庇，小体积的舞者
认识了光亮，黑暗除了迷幻
还有了明媚。我们就像水一样
淌着。抱到了雪花和疑云

可我们不能汹涌
我们要将内心开垦成大天空
里面住进分散的小天使

春光你咬一口就碎了

空气满含青翠就要滴下水滴
梦野像时光一样缥缈而不朽
我不知道，用一生占有你够不够

继续往着开阔老去
看透我，约束我，将我圈围成
万顷的湖泊

  这样一首诗，从它的每一节到其整体的诗境，都可以让读者发挥许多想象的"诗无达诂"的道理。作为一个女性诗人，苏若兮的诗所具有的蕴涵，或许都是她生命过程中不同阶段的心理体验。这种体验，因为在一种诗性话语中得到有意味的表现而显示出其独有的魅力。这正是她的诗能够在一定程度上留给读者较为鲜明的印象的根本原因。

  从《缓解》到《扬州慢》，再到《未名和时间》，苏若兮的诗在语言的表现方式上，存在着一种从跳跃到绵远的渐进式的变化。我仔细地想过，这或许就是一种生命过程的变化。如今的苏若兮，再也回不到《缓解》中的生命状态，但作为诗人，她的生命感受的方式依然是诗性的。诗性的感受是一种具象的联想，又是一种从具象到抽象的过程。它所要表现和表达的情感和思绪，是可以感性地触及又可以抽象地扩展的。我还是举她的《雨时钟》为例吧：

说话的人
在屋子外面
屋里的人
不说话
雨一绵长，心就背着生活的方向

寄语与期待（代序）

走出辽远

我们到了静听屋檐滴雨的年龄

听到了失落和消失

在睡梦的脱离的片刻

我走到窗前

看到了属于世界的世界

懂得了孤独，也懂得了不懈

那些重复着深渊的雨

是要时光和虚无跃入的

前一滴与后一滴相撞着

那么荡漾破碎，也觉不出丝毫的疼

  这是一首有点伤感也有点自励的诗，"那么荡漾破碎，也觉不出丝毫的疼"，又似乎显得精神和感情上的麻木。然而，这正是一个敏感而不甘寂寞的诗人的真实的生命状态。苏若兮的这些诗语，在相当大的程度上体现了一个诗人的生命过程的不甘与无奈。它甚至也是许多人在生命过程中的心灵体验。

  苏若兮的诗，相当典型地体现了一位在相对封闭的生活环境中而不乏丰富想象力的诗人的精神状态。读她的诗，会给我们一些启示：诗的存在永远是一种精神的存在。现实生活赋予每一个人的际遇和资源大体都是相同的，关键在于个人如何把这种际遇和资源消化成诗的养料和精神。从这个意义上说，每一个人都有可能成为诗人，但他必须是生活中的有心人，生命体验中的有独到的感悟力和表现力的人。

  以此为序，算是一种寄语和期待吧！

2019 年 12 月 28 日于扬州

目 录

无　可 /001
一江风 /002
拉　锯 /003
宁　静 /004
三月，幸不幸福 /005
窗　户 /006
另一种黑暗 /007
蝶恋花 /008
小　说 /009
炭　火 /010
补月亮 /011
无　题 /012
萨克斯 /013
明　媚 /014
疼 /015
欢　颜 /016
四壁说 /017
蓄水池 /018
别 /019

红布条 /020

秋天的表情 /021

云上面的细孔 /022

这一场 /023

现　身 /024

五　月 /025

热　爱 /026

深睡的月亮 /027

雨　水 /028

惊　蛰 /029

芒　种 /030

夏　至 /031

小　满 /032

春　分 /033

立　秋 /034

珍　珠 /035

瀑布辞 /036

易容辞 /037

桃花辞 /038

流水辞 /039

明天辞 /040

茁新辞 /041

不测辞 /042

月光辞 /043

月亮，火车 /045

烟雾和欺骗 /046

小　心 /047
预　感 /048
余　晖 /049
旧时光 /050
平　面 /051
无　为 /052
室内乐 /053
山　居 /054
百合或野花 /055
给　我 /056
还有更多的梦想 /057
二　月 /058
谜　底 /059
降　临 /060
未名和时间 /061
相　信 /063
接　近 /065
音　乐 /067
时光另曲 /069
鲜花宁静 /071
浮　生 /072
同　声 /073
独　处 /074
赋　予 /075
艺术品 /076
边　界 /077

摆　脱 /078

入　画 /079

等同于江湖 /080

与时间说 /082

雪月亮 /084

无　译 /085

呈现·二十九 /087

呈现·三十 /088

呈现·三十九 /089

呈现·四十一 /090

比撇下更无奈的 /091

终于有了昨日 /092

这一生，都不够我旅行 /093

只能变成回忆 /094

羊皮书 /095

祝我生日快乐 /096

阑　珊 /097

现在是八月 /098

触　点 /099

面孔或意象 /100

归 /101

悲　伤 /102

从未见过的 /103

河里站着废弃的桥墩 /104

旧影集 /105

竹　西 /106

词牌：越江吟 /107
词牌：应天长 /108
春　寒 /109
真　实 /110
土　豆 /111
误　读 /112
愿　得 /113
春风在哪个旷野上朗诵 /114
述　与 /115
大　风 /116
慢慢失去记忆 /117
雨时钟 /118
暗　洞 /119
深　蓝 /120
蓝 /121
蝴　蝶 /122
病之倒计时 /123
存　在 /125
灵　魂 /127
狂忍词 /129
你是我的米勒 /130
荒　腔 /132
瓦　砾 /133
初　见 /134
九　月 /135
呈现·十 /136

呈现·十七 /137

墓　地 /138

狮子座流星雨 /139

不是在这里 /140

幻　觉 /141

关　系 /142

隔　阂 /144

弦外之音 /146

白　露 /148

大　寒 /149

立　冬 /150

谷　雨 /151

立　春 /152

立　夏 /154

小　暑 /156

大　雪 /157

沧桑就是流了多个年代的江水 /158

冬至书 /160

一棵树 /161

灵魂在哪儿 /162

要不了太多的晴朗 /164

阿尔丰西娜 /165

不名身份的左右 /166

卡萨布兰卡 /167

炼 /168

十一月，滑过忧伤 /169

寄 /170
幸福一日 /171
顷　刻 /172
微乎其微 /173
不　懂 /174
之　后 /175
初　夏 /176
以　为 /177
流　水 /178
大　风 /179
心灵胶片 /180
避之不及 /181
梦中诗 /182
告　慰 /183
盛　开 /184
疑　云 /185
忍一忍，冬天就过去了 /186
麻　药 /187
火车开向哪里 /188
风不能带走一棵树 /189
不知道蝴蝶是谁变的 /190
你将如何度过夏天 /191
是这样的生活选择了我 /192
你好，明天 /193
隔　壁 /194
我的笔 /195

至少秋天来了 /196

你在我身边 /197

归来者 /198

风 /199

他的地方 /200

写　照 /201

混　形 /202

连锁反应 /203

求　婚 /204

光　芒 /205

脚　趾 /206

盛　夏 /207

注　释 /208

要么庸俗，要么孤独 /209

夏　日 /210

我所说的微澜 /211

这突然的悲伤 /212

我们都是孤独的 /213

暮　年 /214

日常叙事 /215

后半生 /216

跋 /217

无 可

月亮突然不动了
我知道他威胁了什么
他俯下，再俯下
额上的暗影扭曲着
直到滑入沼泽地的边缘，他把自己分成两半
一半，做沼泽沉寂的影子
一半，挂在天空
直到我转过身
从分裂的间隙跌跌撞撞地走下
我就是那一抹蔚蓝的碎片，真的
在一个僻静的地方
从燃着的地平线上，我已然抚摸了他的面孔。

——刊于《诗刊》下半月刊2012年第8期双子星座栏目

一江风

风，空着手在走
却带走了船只，河藻，院落和颠簸
我们衣袂飘飞
听到了涛声鼎沸
很多人在等着退潮
他们都是以江水为生的人。

——刊于《诗刊》下半月刊2012年第8期双子星座栏目

拉 锯

从中间，还是从根部
你准备怎么锯开
你要怎样的一分为二
开始时多么圆满
为了征服疼痛，为了肯定疼痛
就有了新鲜的截开
来回锯动的牙齿，充满了碎屑
你都看见了？
只有年轮的断面，清楚醒目
一颗心，就此，分成了两半。

——刊于《诗刊》下半月刊2012年第8期双子星座栏目

宁　静

我有很深的想念，有着很远的消失

爱尔兰画眉，跃上枝头

它一再经过夜晚，和我一样，和月光纠缠不清

我来，只是想和世界默默地相融

爱着，被爱着

这里，和那里，都为着自由和宽广引领

没有界限，也没有过失

我们的田园和季节，有着喧嚣过后的遗迹。

——刊于《诗刊》下半月刊2012年第8期双子星座栏目

三月，幸不幸福

茂盛的草丛让我想象

不止一次，我把自己想象成蝴蝶中的一只

没有罪孽，也不感到屈辱

我大声地飞，招摇地飞，谁能在春天责怪我？

阳光一脚一脚地踩我的背，我不过是一具小虫子未来的躯体

以我让幸福走动在草丛间的能力

我是不是要到更远的荒地，开阔的牧场

让更多的草木鸟兽认识，而不被天空勒索。

——刊于《诗刊》下半月刊2012年第8期双子星座栏目

窗 户

就在很远的地方,时光被摆成了物什,堆放得错落有致
我都看到了。那些一度被忽略的场景
谁又在未来记起。那时,我们也挤在时光中间
像一些交相重叠,被遗落的影子

——刊于《诗刊》下半月刊2012年第8期双子星座栏目

另一种黑暗

我想，我抱着头
有一半的触角，不去抗拒
而是忍受。
不是吗，就在前两天，你还说到三月，说到春天
说到沙尘暴。
不管黑暗处多么疲劳
不管你来不来
不管还有多少贫困的日子
我，都等你。
那样，我们留下全部
我们会在折断的躯体中醒来
天空，街巷，古树
屋檐上的梯子
再不会显得刺眼
我们离开黑暗，有如草叶，梦着，活下来

——刊于《诗刊》下半月刊 2012 年第 8 期双子星座栏目

蝶恋花

没有人比我离你更近
我已经看到了，听到了，承受了
你的房屋，食物，心跳，微笑，体形，和攻击我的日子
我爱吃蜜，吃爱情，吃孤独和诗歌
只有你，在我转眼的一生提供它们
围墙高，我就架梯子
孤独深，我就放梦。
没有人比我离你更近
我可能苦难，美貌，我不能和你有所偏离
枝上的花，说落就落了
亲爱的，那停歇与荒凉也是你的

——刊于《诗刊》下半月刊2012年第8期双子星座栏目

小 说

小说的第一句,我这样写:
你来了。
小说的最后一句
我这样写:
你还来不来。
这样写的时候
我恐惧我会将你写得繁茂
像我的粮食
让我在饥饿面前
变得不安和诚实

——刊于《诗刊》下半月刊 2012 年第 8 期双子星座栏目

炭 火

月亮，仿佛脱险的面孔
加快了奔跑的速度
想见见他的轻佻与痴狂都不成
他是不是找到了滚烫的，让他倾倒的部分
寂静，而不声张
而风，什么都能举起
大到树叶，小到火。

——刊于《诗刊》下半月刊2012年第8期双子星座栏目

补月亮

他比他自己更贪心
留下深些的岔道给别人。
男月亮，亮不出一张真实的脸
变化，漂浮，下坠，失踪。
垂手可得的王国
空荡着。
他比他自己更贪心
要一个陈旧的病女人
醒着，将他望成碎片。将他挥霍一空

——刊于《诗刊》下半月刊2012年第8期双子星座栏目

无 题

黑夜又一次留下了月亮

形容枯槁，却无声敲击我寒颤的窗子

我听她轻声唤我

来我床边掳走自由

我和她一起沉默，一起温柔于苍茫

仿佛，似梦非梦，就是为了牺牲

不尽的消瘦症，无止的肥胖病

孤单得不能被尘世医治

空荡的天穹，布置了多少仓皇的月亮人在不眠行走

我能怎么办

除了这赋予的飘浮，我骄傲，苦难

就像是黑夜给月亮最新的口供。

——刊于《诗刊》下半月刊2012年第8期双子星座栏目

萨克斯

长发的男人闭着眼睛
轻晃着身体。
我有多寂静。我代替草原,群山,湖泊,雪地
无穷地漫延下去。
或者,我枯黄,是个秋天
是夏天的天空。我被一根金属的管子
想象了。我也不离开
一遍遍地被忧伤而开阔地记着
变成长发男人轻晃身体时的称呼和背景。

——刊于《诗刊》下半月刊 2012 年第 8 期双子星座栏目

明　媚

我要离开冬天了，离开雪
借你的疼痛，我暂时隐身。
丝绸一样薄的冬天
被我颤抖的手捧过，我披着它
在阳光下，流着泪抒情
那些植物在去留之间
都有蝴蝶的陪伴
比起它们我是不是孤单了
你发觉了离我很近也离你很近的风景没有
你发觉了离我很近也离你很近的心跳没有
把我连根拔起
也不要那些老了的秩序
我走进了列车，走进了一个陈述的句子
一样不可少，他们说不要屈从于激情
春天，就在我离开的时候，变成你的良心。

————刊于《诗刊》下半月刊 2012 年第 8 期双子星座栏目

疼

那些人在入睡。只有我在倾听
我只是一粒盐尘
一个默默无闻的球体
似乎也是空茫的,在今夜
只想穿过山河看见你
精确得,有如一只微小的,而光芒的箭
那慢慢消弱的,焦虑的颤栗。
是的,在不眠中,我已触及
观望。遥远的汪洋
应该被针尖样的盐粒,给刺痛了。

——刊于《诗刊》下半月刊2012年第8期双子星座栏目

欢　颜

是你让我的惑术全失
特别的词,特别的你
摸过这一弯疤痕。当爱假装瘫痪
夏日的帷幕上
尽显草帽与五谷
做主角,累吧? 一个世界静得
只有深月亮的时候
你是不是还有强烈的表现欲?
来相会的落日,水鸟一样干净
在宽大的现场
不要走动
只有相执,无语

　　　　　　——刊于《诗刊》下半月刊2013年第3期

四壁说

又说到空，开放的愁怨
夜风来了
树影儿在那方摇动
如果画上故乡的山岭
秋天的山岭就如此地近
阳光温暖
田野旷寂
你白发了吗，水光下
有一盏盏不灭的灯
我想我们都在，坐拥，相视
忘记了倾诉与贫穷

——刊于《诗刊》下半月刊2013年第3期

蓄水池

雨落下去
雨有了结果：
碰撞，接纳
厮守
2012年的秋天
引诱你我试探不尽的纵容度
受着迷失荷尔蒙的怂恿
认准了，就落下来
沉入狭小的辽阔地
做好一条独自生长的河流

——刊于《诗刊》下半月刊 2013 年第 3 期

别

离开你，一点一滴地

从脸庞，躯体，双手

离开你

从声音，目光，表情，失眠和梦幻

和平静的人，没什么不同

和你脚下的路身边的树，没什么不同

存在，也在消失……

说到这些，我就不再接受

也不再给予

为崭新的一天，我战败

隐遁

"你在哪儿……"

我恍惚听到你深睡的轻呼

泪水推着泪水

伤痕，失而复得

——刊于《诗刊》下半月刊 2013 年第 3 期

红布条

只要写到旷野
遥远的
只有时光,和一个人的内心
你救过我
在这个梦里
我们看着月亮
用肉身体验衰老

空空荡荡,这样的异国他乡
我害怕
缩成一团小花朵
你攥着的那串布条
染上了血色
被风吹动,在月光下

——刊于《诗刊》下半月刊 2013 年第 3 期

秋天的表情

先看到故乡的玉米

一垄垄，伸展，挨触，亲密

再写到稻穗儿，仿佛商量好了，一起低下眉眼

垂着头

河水清澈

花生和山芋熟了

棉桃绽开白花花的心絮

田头牵牛的老人，剥了地瓜皮

咬上爽脆白嫩的地瓜肉

山和山顶，林子茂盛

有种尖利的绿

绿得微凉，团结，母性

风来，再来，一阵阵

对着所有，停止不了耳语……

我像一个多年的游子背着天空：

对不起

带着黑眼圈，我也要在这里

收割，热身

——刊于《诗刊》下半月刊 2013 年第 3 期

云上面的细孔

有些时候

我只能对着空气说话

在某个空间

去替代，投下自己的影子

那些风

真像马匹啊

吹散我，撒蹄儿就走

显然，我曾经旅行过

攀援过你

也相逢过暴雨

——刊于《诗刊》下半月刊 2013 年第 3 期

这一场

你知道空气,他是有嘴唇的
他可以时时地吻着你
爱你,爱得含混不清
你要是躺下
也要躺在阳光明媚的地方
像个安睡的婴儿
我不和这个尘世,不和你的父母争夺你
我这样的旧,曾作为
包裹你的时辰
被你穿破,褪下,撒手
原谅我,原谅这副隐秘撕裂的模样

——刊于《诗刊》下半月刊 2013 年第 3 期

现　身

我太想妆扮了，爬上岸
从孩子身边
从一束寒冷的漩涡
去往血缘处，信仰你
等我醒来
河流和梦都不再保留
它们是他人的国土
我和你天天被时间更换
像挂在风中的云朵
不断地出门远行
是他们看不见的琴弦上的光芒
想你的时候
我就很远地坐在大雪深处
看着流星
出没。一个老字
怎么咳，也咳不出嗓子

——刊于《诗刊》下半月刊 2013 年第 3 期

五 月

坐在这里，有更多空气的哺育
向着麦子，菜籽
保证什么
微风醒着，通宵地，向着旷野漫游
和我一样，流连许多角落

之后，就是丰收相聚
就是更纯净的赞颂
够了？
地平线上奔走的笔端，刀一样
轻轻一抹

——刊于《诗刊》下半月刊 2013 年第 3 期

热　爱

一幅肖像
从野外移到屋里
世界小了
一双眼睛
能证明野马，野花，野河流喂养过的野心
那么狂野地奔跑过
如今，是楔进深墙的铁钉

——刊于《诗刊》下半月刊 2013 年第 3 期

深睡的月亮

我还可以期待，所有的时刻藏进了
黑暗
这辽阔的方式
这要不了的梦
向着魂魄逃了
哦，月亮
我曾经信任你
——苍白的，即逝的热烈的安宁
只有你告诉
笑语喧嚷的大街
我和我的家人相依
柔弱的泪水
有如稀薄的空气
深夜时偎上肇事的身体

——刊于《诗刊》下半月刊 2013 年第 3 期

雨　水

我忘了你的习惯
人群中
拔掉茫然的根须
和不可知的影像汇合
我是迷路的
我本身，就是你的道路
羔羊散了
芽胞儿邪恶
我就是懒散，呵欠连天
准备一个月
不和任何静物说话

——刊于《诗刊》下半月刊 2013 年第 11 期

惊 蛰

一到此刻

身体就暗暗抽穗

残酷到不再顾及是否还有分娩的能力

老字号的爱人

我睡着的样子

已不体面

再单薄下去

解放的东西面临夭折

一条象征性的蜕皮冬眠之蛇

飞一般从洞中溜出

——刊于《诗刊》下半月刊 2013 年第 11 期

芒 种

我被打听了很久

人间四月天

天气运程

失重，胡乱拼凑

真伪不辨

说不爱，太冤枉他了

复杂的旧世界

有掏心的修辞做帮凶

妈妈，爱一个人

和爱一轮月儿一样

求得他的光亮

而求不了他的圆满

——刊于《诗刊》下半月刊 2013 年第 11 期

夏 至

夜幕为着星群展开
我的理想,并没有那么广阔
这份无际的包容
月亮有

为着一个慢吞吞的夜行人
我辗转反侧
田野上除了麦茬
没有其他的动静
我只是可惜
那荒凉,依旧占领着空下来的山顶

风一来,就该提醒我
时间湿漉漉地
去往了错误的地点
漫游

——刊于《诗刊》下半月刊2013年第11期

小　满

雨水不见了
我们在长河边松驰下来
春风滞进没有光线的角落
不肯出来
你闻出没有
人间的酒杯，正漾动着轻柔的音乐
虽然今晚，又是空空的出场
我却把夜色，设了一重重的房门
呼一口气，便把杂念、失眠的
烛火吹熄了

想到即将年迈，又可以惺惺相惜
我不得不爱上这些个被时针戳出洞穴的破梦
抱歉啊，现实都是泡影
而梦坚持追求着潮流和真实

　　　　　　　——刊于《诗刊》下半月刊 2013 年第 11 期

春　分

天色颓唐下来

像个犯错误的少年

灰溜溜地往幽深里鼠窜

我明明知道

秋天的地域，承受不起

满山野的烂漫

但就是不服

命运在黑暗面前

贪婪莫名的灾祸

我们怎么抛却毒箭飞速的歧途？

我可怜的追悔莫及的孩子

对疾患与伤口，你一定要咬紧牙关

一场歌唱可以粉碎怪异的星空

忍耐，迎来了沉醉的禁物

——刊于《诗刊》下半月刊 2013 年第 11 期

立 秋

雨让我不安

不安让我孤单

春天的声音就剩下雨声了

它们从天上掉下来

根本就没人要求它们从天上掉下来

它们中了魔

一定要放纵,来伤害尘烟滚滚的大地

我宁愿雨来伤害我

如果怀念也是缺陷

如果侵犯以泪光作拳

你以为呢。就在今晚

我经历了无助

对爱,也有了无理而强盗的指责

——刊于《诗刊》下半月刊 2013 年第 11 期

珍 珠

久远的年代,应该有着
和我一样的面孔
他的喘息,他的难过
和我是一样的

被苍凉的时间,设计在
沉寂的湖水之中

具备了幻想的价值

再没有光景
让他,滚回故乡的壳中

——刊于《诗刊》下半月刊 2013 年第 12 期

瀑布辞

当梦开始包庇，小体积的舞者
认识了光亮，黑暗除了迷幻
还有了明媚。我们就像水一样
淌着。抱到了雪花和疑云

可我们不能汹涌
我们要将内心开垦成大天空
里面住进分散的小天使

春光你咬一口就碎了
空气满含青翠就要滴下水滴
梦野像时光一样缥缈而不朽
我不知道，用一生占有你够不够

继续往着开阔老去
看透我，约束我，将我圈围成
万顷的湖泊

——刊于《诗刊》下半月刊 2014 年第 8 期

易容辞

春不暖时，花也在开
原来，存在不需要意义
在交汇时，他会将所有的花盏
一一都捻亮了。我们比时间
更早一步重逢
统一好心灵摩擦出的物质
它易碎
但比我们活得长久

为活着，伤口成为不落幕的窗口
所信赖的月亮
分别照亮不同的屋舍和暗垂的脸
有一天，我不再美丽
他会在窗口，明亮沉默一小会儿

马匹和河流在纸岁月上驰行
一些影像正与另一些影像
在空间外错过，叠合

——刊于《诗刊》下半月刊 2014 年第 8 期

桃花辞

是那片土壤培育了爱情
才会留下我们做梦
越是绚烂,越是捂不住骨子里的病
种植的人陪着时光落泪
还没瞻望便回心转意
我爱上叹息　你爱么

等到春心一瓣一瓣与蜂蝶合作
浪漫没有目的
你来,到处是空无江山
你不来,江水无限

我抢先流逝,为了与你一起盛开
我抢先遗忘,为了美到极致的地狱
只要这处暖风和凋谢的名字
谅解四月比青春更需要我们的命运

——刊于《诗刊》下半月刊 2014 年第 8 期

流水辞

落日始终是倾斜的
它引领着梵高,向日葵
渐趋崭新
我们出自于一片荒凉
肉体受风光沐浴,颜色一天天变深

只管向着前去
一旦留恋,哪还有移动的影子
他们觉得是释放
我们觉得是阻隔
只有诗篇可以从虚妄间隙拦腰捞起我们
仿佛液状的时间焚烧后的炭灰物

作为延续,一开始就注定我们身世的孤独
不能带走什么,可以带走空荡
就像一生有爱,不能停止
如同乘座一列不能回头的向导车
无碍无拘,让自己放松而柔软

——刊于《诗刊》下半月刊 2014 年第 8 期

明天辞

如果只剩下你宰割日子
那么那些日子，总能
跳出几颗星星
它们短暂，迷人，为最后的开阔而蕴形
说到真实，它们不如入仓的粮食来得生动
我们需要消失的时候
一定尽可能地给世界多些繁殖的神经
不要问我枯荣与否
你那么小的手掌
也是我想驻留的故乡
倘若到了我这样的年纪
你会觉得记忆是灯媒，它照亮照死的还是飞蛾
在往昔，我呆得太久
我觉得一定还有更好的方式来折磨疑问和忧郁
我挥手了，作为某个生物的旧外套
披到土地的身上
你会接着完成我的慈悲
将爱还原成虚幻，将天空，贮满心跳

——刊于《诗刊》下半月刊 2014 年第 8 期

茁新辞

你给一条孤单的小鱼画上鱼缸
为一只帆船画上一片大海
为蛋糕画上蜡烛
接下去,你会为小鸟画上大树和天空
给画中人都画上一座房子
——这些,足以证明
一个三岁男儿,比许多壮年之人能容纳更多

你看不到时间是怎样将一个人从婴儿抚摩成老人
我们不管,你现在是另一个焕然的我
在看不见的速度里成长
保持自然的童真,创建世人难涉的海市蜃楼

一起用做梦的手,打开一页页
我们被容纳,也容纳万千的生活
像汉字一样充满纸张
像悲伤,充满热爱

——刊于《诗刊》下半月刊2014年第8期

不测辞

在混沌的后世，我也不敢
强调命运。时间快到
我还没来得及接手
他就拐带了我要断流的刀子
杀杀杀……他遗下一张浮动的笑脸
切割我，放到案板上生活

在前世，我是女性
在今世我还是
雌孕激素在体内按捺不住要去纠缠出结果
大千春光，就等着我这样的
完成者和诵经者

暖到极致，再冷到极致
像个连接词，从上一片断过渡到下一片断
像潜伏的光，陪衬你在黑夜

——刊于《诗刊》下半月刊 2014 年第 8 期

月光辞

船连同水一起走
他曾用他的缰绳捆缚过夜游的心
似乎还有人期待更深的黑洞
可以旋转下去而落不到洞底
爱诗的人和爱水的人一样
因为需要火种
而守护火柴和潮湿
因无知而无畏行动
为出卖自己而闯荡未知

他摸到了昨天和未来的底细
试想泪水装潢过的困境
犹如雨露浸润的山河
和天空的关系,形成相望
哪怕只是一眼
也抵达了目的
天空陷得有多深只有星儿知道
海洋隐得多远,只有他知道路程
我们刻不容缓,需要彼此容身来体验彼此

除了陪伴两岸,我们陪伴着自己
胸怀古朴的图腾

恰恰以船舶的知觉

用最体贴的姿势，亿万年地流淌奔赴

——刊于《诗刊》下半月刊 2014 年第 12 期

月亮,火车

2003,火车开向温州
温州的月亮小小的,谜一般等我
到了才发现,睫毛长长的月亮
虚假得不像我的情人
离开温州的时候,月亮一直追着火车
跑了很远。直到我回头,在镇江渡口
月亮傻瓜的样子,还在天空相同的位置

——刊于《诗刊》下半月刊2016年第5期

烟雾和欺骗

远方制造着悬念
和悬念中的我们

静物代表记忆
让我们回去
给它一个可以炫耀的地址

用以描述命运
安于命运

谎言一个一个
被拆穿

——刊于《诗刊》下半月刊 2016 年第 5 期

小 心

那么滚烫
他躺在草丛中
裸身,但不邪恶

甩不掉那轮月亮。弯镰刀一样的月亮
你停它停。像望远镜

银河淹死多少要苟合的身体
银河闪着光,不容许
人间产生幻想

我们拥抱着
在假设中
四下寂静,所有生物示爱
都是第三者

——刊于《诗刊》下半月刊 2016 年第 5 期

预 感

等眼神成为摇篮
就摇着小婴儿入眠

天使妈妈,也能从美艳蝴蝶
隐形成暗物质

像远行者痴迷返回
相爱配合遗忘

活着,以疼为美食

——刊于《诗刊》下半月刊 2016 年第 5 期

余 晖

打鱼人,我夏天的时光
都是你的

网里也有好到不想逃脱的道路

为你辗转无眠
为你放跑年华和专心

为你,将世界看成无数漏洞拼织的网
一投身,便流逝

——刊于《诗刊》下半月刊 2016 年第 5 期

旧时光

月亮每天出游
所遇见的
都是新鲜的事物
面对我这样不甘的叙述者
它探到的温暖
到我这儿，就是冰冷的

我接触过
但它们从不属于我
像小鸟属于过天空而最终栖息于树
像我们属于过爱情
而最终要顺从生活

我摸过你的脸
深夜时，他们所有人都睡了
只有我醒着

——刊于《诗刊》下半月刊 2016 年第 5 期

平　面

雨拥抱了一切
它不是妄图，它只是在空中和地面
怀旧。从净化那些植物般的人类
开始。白水鸟无法飞得更高
湖水涨了又涨。除了浑浊
天水之间，随意一处
都是被吟诵过的原风景

没有什么可以和苦涩媲美
雨孤独的时候，就是我孤独了
不愿被遗忘，也得接受遗忘
泪水循着雨水滴落的尺度
能觅到秋天的谷物
携着阳光的温度，在田野间
历经一场爱情
用拥抱和分离来告白你

——刊于《诗刊》下半月刊2019年1期银河栏目

无 为

不用看见，就知道桂花开了
那么幽怨
在没有你的地方
百灵在花枝间跳跃
一旦飞走，就扯到了爱情

虽然，曲谱也能生出肉身和翅膀
但我不能介入
那些受惊的纸张
和一支无墨之笔
连拥抱，都不曾有

就装着远远不能到达的地理
试着走上一辈子

——刊于《诗刊》下半月刊2019年1期银河栏目

室内乐

窗外，月亮在垂钓
没有饵
也能钓来悲伤
将山野钓进
将整个秋天钓进

你的怀抱
有多辆语言出没
它们装载我和一个叫孤独的家伙
去梦里造事，祸乱
只剩荒芜的生活

——刊于《诗刊》下半月刊 2019 年 1 期银河栏目

山 居

滁州草木，仍让我感觉亲切
它们长在山间
治愈我中年的悲伤之疾
不以绿色葱茏
只以扭曲干枯和落叶的气味

野梨，野石榴，毛桃
一副熟透而欢愉的样子
仿佛洞穿另一边山坡的荒芜和哀痛

能在此处栖身远远不够
即使身为小鸟，也有
要不完的分散和自由。

——刊于《诗刊》下半月刊2019年1期银河栏目

百合或野花

时间有泪的时候
不能用难过这个词
做它的衣裳
它即使脱了，还有难过的体肤
和骨肉

在长江边上，人们关注的只是江水和江水之上的船只
我看你，只用诗人的眼光
打量丰盛的五谷，和重雾中想被宠爱的灵魂

记得草本作物们
和蝴蝶
都来秋天爱过

——刊于《诗刊》下半月刊 2019 年 1 期银河栏目

给 我

我记恨着那个不给我灵感的人
用悲伤和疲劳建筑起来的人
灵魂和夜一般漆黑的人

我已经八十六岁了。烟火乘着长途
到鸟树多的地方
求生。他们终于把你
当成最后一封信寄出

怎么读,都像报答

——刊于《诗刊》下半月刊 2019 年 1 期银河栏目

还有更多的梦想

说到第一百四十七个梦
海水就涨潮了
没有一个路过者
来搭救,到处是岸,却没有岸

你知道尾随自己的灵魂
将是什么境遇
那些蒙面的,除了盗匪
还有隐秘的爱人

对不起,我越靠近
越觉得栖息的不是岁月
再继续梦下去
我还是那只不能鸣叫的鸟
你仍是那棵
引鸟的树

——刊于《诗刊》下半月刊2019年1期银河栏目

二 月

树，空着身子
但缀满了鸟声。田野山坡荒着
已在恢复记忆
恋乳的孩子，又趴进母亲的怀中
万物的面庞，等着亲昵的嘴唇

我们一点点地爱，慢慢地渗透
破土—绽芽—茁壮—我们，就成为我们自己了
被季节省略的眼神
也是原生态的播种。

就让他扮着花朵，麦子，草木，或任何一个生长物的样子
来吧。我们经过，不容迟疑。

——刊于《十月》2011 年第 5 期

谜 底

我重新用坚固的材料塑造了他
顶着花一样的头颅
他挺直了腰身。
不扭头,也不正视
一只白蝴蝶亲吻过他
他只低眉,端坐
可想而知,白大褂下,有更深的险情和面目。

要是靠近他,就可以清晰地
阅读他刚写就的诊断书
没有他,也可以判断,这个夏天,真的病了
那些良性恶性细胞,正活跃扩散。样子天真而愚蠢。

你理解不了
一个医生用极其暧昧的口吻
叙述一个病人莫名的病情
循着他的身影,即使你是那只白蝴蝶
真实的体温,已丢失,他再怎么摸索
也摸索不到了。

——刊于《十月》2011 年第 5 期

降　临

我爱上他交出的大雪
大雪后，白装上身的道路，房屋，树林

走在雪中的人
像我一样，如一簇火焰，想念了自己

旧棉袄是空的，它丢了穿戴它的人
有这样一段惨淡的时光
就可以让我进入深云层去判断了
我想看他在空旷的野地颤抖了多久

我信任我的邪恶，已于雪中伸出了魔掌
她拂去了这太过美丽招摇的假象

走着走着，就消失了踪影
无可留恋
他们是他们，我是我
进入旧时光，就忘记了彼此

空白的地方，长着寂静和伶牙俐齿。

——刊于《十月》2011 年第 5 期

未名和时间

我想告诉你的是，我的皱纹又深了。

想没有心头恨都不行。小秘密靠近了大秘密。

傍晚时，我看见了湖水，它安静，苍茫，内心激荡着愿望和风情。

我已经和它有了融合。我的孤独更是。

我们共同分享了一轮下落的红日。湖边有麦田。麦田里有绿意重重的麦子。

我想这麦子就是我的庄稼人种植。它们哑哑柔软地笑着。像庄稼人写就的文字。

对于我所见，你可有一点点地逃离之心？

那么微妙的伤心，只针对即将的转身离去。

我有多久没有去赞美劳动了？尽管你我一直有劳动者的汗水和纯粹。

对土地，仍抱有蓬勃的野心。

我的每份回忆，都被你定义为未来。

为了纠缠人生道路。我不敢呈现，畏惧着抒情。你在远方带着面具，不给一点体恤和暗示。

你一直是一具越来越光滑的身体，你随时准备着抽身、潜行、溜走。

这就是故事的主题和命运。

仅仅是我知道。春天的悟性和力量，是无穷的。

再多的语言,也抵不上一块空白的,要分娩出景况和孩子的画布。

——《中华文学选刊》2015 年 3 月

相 信

我喜欢那个向月光借阅我的人。

垂钓的姿势，很老。仿佛一直长在岸边。重复一棵树的形象。

人类与植物之间布满了潮水，从年轻，还到年轻。从激情还到激情。

我不喜欢我最爱的朋友走向一条情色道路。我怕所遇的蒺藜刺破了她美人的肌骨。

走到梦想似乎很容易。随欲就行，剑走偏锋，也行。

这一个冬天，我都表达了什么。

从别人到达不了的角度，我把黑夜营造成孤独者罪恶的乐园。

一个一个的影像，远离故土，进入我设计的漩涡。

抱住我的事物，绝不是用寒冷，也不是用速度，他像天空洒下了雪，用最轻盈的手法让我出生。让我往融化里增添本性的无声。

我的朋友一定离开了喂食情色的爱情，所以，她揭露得坚决勇敢而彻底。

我还是喜欢那个向月光借阅我的人。我的身体充满了让他为之沉睡的空气，莫名的危机四伏。

习惯着更紧的怀抱。月光是湖，我再无归期，是一簇崭新的堤岸。

——《中华文学选刊》2015 年 3 月

接 近

想安静，安静到缓落成一条冬日草原落荒的河流。
一直在草原长驻。
月亮是要投影的。到我这儿来，我有彻夜的不眠。
来倾诉，或聆听。我们就得放弃什么
这里深旷，没有复杂纠缠，没有复杂的尘世面孔。
野花自然地开放在草丛间。蝴蝶，自然地翩落在花蕊。
你知道么，有一种好，就是代替自己活着。

我不知道我能够走多远。时光已决意让我离开内心下着冰雹的姊妹。
我安于奔走寂寞地界的贫穷。不执起对打偏见的武器。
自顾自地奔涌，流淌成隐秘的温暖。

途经的流域，不再是有意义的结识。把那枚粉饰性的时针拔下，我们的时钟就是一个报废的玩具。时间不因我们的破坏就停下证明。它不误分秒吸食我们身体的水分。它无视我们身体里的欲望，欲望才是魔鬼。

我一直将自己空着。让风充满我，让月光充满我，让泪水充满我，让意外充满我。
它们独立时，就是单一的孤独。我使它们有了团结友爱的温情。

我们为空茫和决绝接近吧。和飘零的兽同处。

——《中华文学选刊》2015 年 3 月

音 乐

爱上一个冥想的人。叹息着,将时光打发。又不舍,再拥抱入怀。

像个低调闯入禁地的孩子。断肠,善良,伤心。

孤僻,顽劣,百感丛生的样子。

蓝天是轻盈的蓝,大海往梦里重叠着忧郁。

在灰烬的背后,火和草笑着。

我做着蹩脚的编剧,拿着温度计,测量不到烟火的体温。

惊艳的面容呵,出着汗,在可怜的光明里打滚。

亲爱的人入睡了。我跟踪着黑不到底的道路。动物温柔。人类凶猛。我的理想主义者朝着现实和弊病扣动扳机。

像与一首诗歌的相遇,像一场大范围的挣扎,像目光所及的漂亮迷途。

深深地投入,在故乡阳光睡眠幻境中穿梭。和传说秋意冬雪春景缠绵不止。

这里,只有遐想,没有生活。

在一种灿烂的忧伤里起伏的,是怀着梦想的植物,是长着木耳的山崖,是残在枝头的清香。

是匆忙的身体火拼,是时代烟雾的洪流,怅惘里沦落的风尘。

什么时候,你将我的故事重演一回?分外的空白包围着我。我同时遭遇了寒冷与炎热的质疑。

我只是,想具体爱一个慢慢收回疯狂神伤的人。

我的字迹潮湿,经历潮湿,远方命运形成了无际的海域。

给我一个音符。我也是破碎的。给我浩荡的境，你体验我混作一团的完整。

退后到我的深渊。我用深渊的深渊等你。

——《中华文学选刊》2015 年 3 月

时光另曲

我看到我的身体从很远很远的真相里归来
我只有倾诉,用低沉的声音
被世俗打败,而不去骄傲和自卫
除了与一场破损缺失的战争比较着荒凉
我已经是一个被岁月闲置下来的老人
晃悠着离去,与一本书
互为参照,错落出一份动静,流逝和光影

时光比我们更知道疼痛。每一刻,都是亲近的
每一刻,都是隐秘而失踪的
没有声息没有衣裳的家伙,自始至终,不露任何情态和面目
我却知道他不可阻挡地来,不可阻拦地去
更知道,他比状物生命更懂得疼痛

一点点地,从尘埃里拿走我死亡的部分
一副倾慕我,又厌弃我的样子
这吞噬有和无的空洞

处处立身泰然消化着人类,又消化自己的莫名蠢货。放好河床
让我们互挽,阵容强大,向着终点,流浪,停泊

为每份奔跑滚动摩擦的人,找到了怨恨软弱和无助

——《中华文学选刊》2015年3月

鲜花宁静

现在,海水抱着泥沙
积攒好分秒
干涸,贪念

钟,年华,明月
都是以前的
我们困顿
回忆汪洋

原来
就是大海,也安置不下美满

你抱着鲜花
在陆地,像一方
膨胀的海绵

——刊于《青年文学》2014年第12期

浮　生

一层层地，脸也遭到剥蚀
谁能想到，多年后
一只小鸟也让我心生羡慕

七月的水田，秧苗萌生着生活的蕴意
一旦有了爱情，幸福简单到
只需要相看一眼，魂儿便飞着碎了

随着流水，我们到达的就是低处
心懂得绿起来的时候
每寸道路都有风景

因为热爱而不舍
落日在风暴之后
坠下我们的空楼

为每一天而生动
命运宣下充满代价的圣旨

——刊于《青年文学》2014 年第 12 期

同 声

月亮呈给我的一面

孤零，倔强

和我有几分相似

每走一步

就想那人一次

以为是靠近，其实正远离

像海浪与海岸，背对着玩抛弃的游戏

再澎湃，也涌不过海岸去

又仿佛世事

接受常态，却达不到圆满

我早已懂了

有了深夜，必须让自己

往返于两个世界

想一个人，不能全部

想他点滴

让他的心哑上一分

——刊于《青年文学》2014 年第 12 期

独　处

一颗心有了雨意
物像们便在晃动。鸟由一群
变成孤单的一只

那时，他记得自己
有悬空的马蹄和羽翅

蝴蝶盯着一朵花
这朵花，面似骷髅

你拾级而上，在从前的银河中
捧乱自己的倒影

历史的帐篷外
我们如此不起眼，如灰尘

——刊于《青年文学》2014年第12期

赋 予

那天，悲伤让我想斜倚月亮
依靠一小会儿
田野上，不小心的风
吹来了雨雾
从天空到天空
从天空到土壤
翅膀和种子，包裹了最好的空气
它们背着我
说要爱，就爱得不再小心

——刊于《青年文学》2014 年第 12 期

艺术品

做些类似于自己的事
继续忧郁。继续给佛送去斧子
这细瓷的活,就交给我一个人
这么寂静的大事。就交由我打理
动人而相知的身体
有顺从和融化
时间被我选取后,就退去了
在薄雾里,灵魂的幸福,一味地延迟

——刊于《星星诗刊》上半月刊 2009 年第 6 期

边 界

留在这里,我有无数不眠之夜
我开门,放进橄榄,放进咖啡,放进山崖
放进天空和鸽子
那么简单的爱情。让我画起了地图,在你的面容处勾注
我最终属于这遥远的闲暇之中
一匹马累了。他驮不动夜色。我把居住的屋子
和他贪求的森林,指给月亮看
不着一物的爱情,取代时光的坐骑,即要离我狂奔

——刊于《星星诗刊》上半月刊2009年第6期

摆 脱

又一个故乡

数目众多的鸟儿在杨树上停顿

小麦儿开始青黄

有微风吹着。我是又一个行走的人

和岁月没什么隔阂

叫上我的爱人

到五月的埂上收割豌豆

那么多时光的果实

长在我们面前

百灵叫得响响的,风也不孤单

蓝天有神秘的眼神

我们躺下去,在青草地上,蝴蝶都飞走了

——刊于《星星诗刊》上半月刊 2009 年第 6 期

入 画

把充满倦意的鸟交给天空

那慢慢灰去的昔日

眼睑低垂,还可以看到流水的姿态

怀念像一支笔,一笔一笔地拖延下去

在陡峭处走动

泥土被阳光烘烤。也被月光冷却

睡着的人们。像春风中的植物

闪烁,飞翔,开始旷日持久地旅行

——刊于《星星诗刊》上半月刊 2009 年第 6 期

等同于江湖

我一直无意与春光争夺什么。

那么多人沉迷于不可靠的名声。

那个曾经称之为一切的女人,我可以拍出和她外貌相映的心灵照片。

谁在为我的容颜着想呢。

你不觉得吗,这些日子有了它们有史以来最揪心的纲常和萌动。

此刻,我更深地停靠着太阳。

看着桥外的流水卖弄一场场风情。看着那些飘扬的植物们,新添了裙裾。

风和衣袂达成共识,在水上飞逸。

我不追随,他们便说,请跟我来。

有一种藏躲是怎么找寻也找寻不到的。我就看你隐成了一只异乡的蝴蝶,一只被理想戏弄的忘怀鸟。

我无能描绘出更多的图景。它们懂得拒绝顿悟停行的人。

我的边缘之梦,有了穿越他们脸庞的机会。

我置身于那双眼的温暖,那双眼脱离了主人,就在我近旁照我。

我忘不了的,就留给归途中的人歌颂。

如果桥也是天涯，旅程只是这水，我们由着幻想撑橹，把风穿透。

再不相忘于等候。

——刊于《星星诗刊》2016年第3期下旬刊

与时间说

你几时起了虐心,明明知道,我的腰疾难忍。
一个故事成就了一份疼痛,还是一份疼痛成就了一个故事?

只有在你的笼子里,我才想放声恸哭。一场哭,改变不了什么,也阻止不了意外发生。
我设计的忧伤,只是暂时借用了你的舞台,我表演给我自己看。

若有在我叙述中不幸坠入深渊的,不要责怪,那不是语言的力量。那是我的意念于细节时荆棘丛生。

很多年了。我们的暗号踏不上轻松的节拍,紧张得成了隐忍在旁的空余。你都不记得了,我的孤单长成了一个大孩子。比我的速度还快,让我追赶时,就想到我们原本就这么世俗而无奈。

还有什么特别的来惩罚我?我就是一匹失群失明之马,无人在中途接近我。
我要看见,我要着巨大的世界,动荡和静的时光,都美。

五月一定是无话可说的,我只记住了一种悲伤。它如闪电,一瞬就撕开了天空的嘴脸。
我觉得我还好,还好。还能嫉妒,燃烧,还能远远地让风吹进黑暗，我和它有自由的交谈。

孤独是什么？就是我一瓣瓣地开，一瓣一瓣地开，哼，狠狠，狠狠地浪费你。

——刊于《星星诗刊》2016 年第 3 期下旬刊

雪月亮

因为远,你成了我最想虚拟的天物
行走到我这里,你就陌生了。
可能出现的,似乎都在出现,我知道你的风暴
有泛滥的江湖。可我
比你更爱奔跑,在某个感动里,呈一匹野马的形态
完成一匹野马的苍茫。

经过的夜晚,越来越多,我不再担心你的触角
勾搭了多少颗星星。旧爱或新欢,都有融化,戏娱你的身体。

你那么敞开,飘逸神奇,像风情的动物。
我莫名爱着这刺眼的光亮。以为这光亮,释解了我的心头
之恨。

你在玩什么?偶尔和长久,毁在你的脸上
怎么看,怎么像出过风头的伤口。

在一种原始的境界,你履着原始的轨道,比原始还要原始。

——刊于《星星诗刊》2016 年第 3 期下旬刊

无 译

我们已经知道幸运对我们意味着什么。

意味着，我们还有体温，还能说话，还能劳动，还能做梦，还能爱，还可以享受天伦。

香樟树落下去年的陈叶，新面孔嫩绒绒，像刚出壳的小鸡雏。桂树亦然。我看着它们勃勃然欢蓬蓬的样子，禁不住油生了类似于忧伤的喜悦。有不爱新鲜事物，不怜惜新生命的人么？

我这个年纪，早该是个忍得住泪水的年纪。

昨晚看见圆月儿，以惊心的巨大，悬坠在头顶，我怎么以为它是颤栗的，在寻亲的途中，它先我之前，哭了。

谁注定是个要耐心守候的人，四月的大地是生了狂澜的大地，四月的天空聚拢了一时吹散不去的阴霾。有一种消失不能再现。虚幻，也不成。即使有明月儿送给村庄和城市也不成。那村庄坍塌，那城市狼藉。

我想说，我们卑微，但我们幸运。我们自由而又压抑，美与伤痛同在。

我恨谁？为了寒意丑恶与灾疾，我爆着粗口，歪曲一张张平庸无能的脸面。

春天狠狠灰着一张脸，我知道，它想抽身离去了。

它收拾不了薄命者的垃圾。它掩饰什么招摇什么？我们让路，让它走。

在你觉得时间拖着笨重的身体缓行的时候，来开始翻译参照出时光变迁的房屋、镜子、相片吧，它们展开，再展开，呈着倒计时。

——刊于《星星诗刊》2016 年第 3 期下旬刊

呈现·二十九

这种时刻,只有我一个人贪恋月亮

他在天的深处而不是云的深处

他在比喻的深处而不是河流的深处

在他醒着时,我贪恋

在他睡着时,我贪恋

这么一棵莫名而本分的植物

看到他就挣脱了什么

他的光铺天盖地

他是几十年的不遇

他转身时,我以为他会哭

在他的背后,我雪片一样

向山川沟壑江河飘落

带我往着自由处享受风霜尘事的冬月亮

我贴紧了你

——等你有一刻

怦然心动

率领所有工匠

来我心野作一番修补

——刊于《星星》诗歌原创 2019 年 11 期

呈现·三十

金银花，落尽了黄叶
显得劲瘦
想着，真有风一样的男子
掠走了美颜和绿意
有时，我们被剥脱成一棵冬树的形状
只有风，来回于稀疏的体枝间隙
寒意之妙，风知，枝知

落叶赋予了离别以意义
他以死来赎自己的生
落，是为了再飞到枝上去

爱要经过粉碎，如草木
爱具有弹性，才给悲伤以泪滴
孤独因为有别于欢聚而呈出炫晕的美

——刊于《星星》诗歌原创2019年11期

呈现·三十九

当曾亲近的，远得有如西山
月亮，就为忧伤左右
先是翅膀，蓝过天空
而后是唇面，掠过风，在云间行走
来到了故乡
但故乡没有亲人
我们之间，为了安身，没有对话
月亮虽远
却交流了很久

说不清灵魂和昔日的迷途谁更加辽远
走出，就将记忆辜负

月亮装得下天下之大
却装不了我们渴求的自由
长命的月亮
沾染了泥淖，血痕
心怀慈悲，让我们出入于现场生活
不断老，让炼爱的手艺，愈来愈精深纯熟

——刊于《星星》诗歌原创 2019 年 11 期

呈现·四十一

在一面镜子中，总出现不了我
事实存在的我，却见你反复出现在镜中
这样的梦，滑稽，却让人焦灼
包括那些貌似掩盖我的文字
和我有了古怪道具式的神离
夜晚和月亮同时有了恍惚的倒影
在亲人的视线下，我们相拥在倒影处
什么也不能做

我们还有爱情，爱情制造了安静
也制造了诱惑。诱惑让我们成了撕咬自己的疯子
私有的云图宣布，冷空气急剧下降
我们欠下的日子将被僵冻

你几乎和我同时失去了逗留的时光
我擦拭着已擦拭干净的镜子
里面没有我。连你，也不见了

——刊于《星星》诗歌原创 2019 年 11 期

比撒下更无奈的

先等悲伤的花开过
我们再开喜悦的

不放过任何一个制造感动的悬念
因为要失去,我们就紧紧抱住
抱过,哪怕一刻或一瞬

某些残局,让梦去收拾

爱除了相信,就是深渊
他让我们觉得我们曾飞翔过
虚无过,这朵雪化了。另一朵雪扑上来

用过多的事物来纠缠,也定义不了生活
我觉得就快要有处藏身了
可悲的是,一个人的胸腔
只能放置下一颗心

——刊于《扬子江诗刊》2015 年第 2 期

终于有了昨日

偶尔我是不在的
身体是仇敌的,思想则是情人的
一轮红日西落,使我再次有了眉目
年轻而又温润
那时,犯罪还不懂得流泪
邂逅着一切,不断与错过的事物立着契约

往后退,用心显示出倒计时
往梦里喂去膨胀过剩的阴影

月亮时代,码头时代,江河时代
废墟上的新建筑,开始积攒尘埃

我告诉过你我曾经的愿望吗
我不再温顺。自由地赞美了感恩故乡和道路的自己
和时间迈着一样的步子
挥霍完了爱,又被爱收买

跑啊跑,再没有可以刹车的距离

——刊于《扬子江诗刊》2015年第2期

这一生，都不够我旅行

景到最妙处，是疏朗
和人生一样，拥挤起来没有一丝意趣
孩子睡着的时候，任何雍容繁华都没有了
落叶对北风说，幸福
就是被你拥旋着飞落

时光愈来愈空荡
浓烈之人被稀释化开，想还在想
只是偶尔，只是隐秘而冲淡

距离和等待之间是等号
纵是咫尺，也形如天涯

朝着远方去的，渐行渐远
亲爱的，没有人像我这样热爱这迷途

——刊于《扬子江诗刊》2015年第2期

只能变成回忆

桂花间结满了黄灿灿惹人怜爱的小身体
——这些花孩子们
有散不尽的馨香之气

我等到一个须发皆白的人
他的温暖所剩无几

对于彼此
我们付出了过多的残忍

要不了几天，那些花孩子们
先于我们，离枝，离世

——刊于《扬子江诗刊》2015年第2期

羊皮书

空白霸占空白时
他会将一个人从无色染成黑色
黑皮黑肉黑骨黑心
一直黑到被惊吓的是他自己
然后
他从荒诞里完全退却
就像悬疑片中
用假身份复活,潜伏
用往昔,表示暗语,结束

——刊于《扬子江诗刊》2015年第2期

祝我生日快乐

昨晚望星空,月亮躲起来了
只有星星们跟我说似懂非懂的话

我想着月亮,是不是热得发抖
跳进深水中去了

我没深水可跳
烧起来的空气把我裹得紧紧的
可我,只想让月亮
叫我一声:亲爱的……

——刊于《扬子江诗刊》2017 年第 6 期

阑 珊

越往山上去
山越有人的呼吸
每天每刻,都有等不来的人事
我依然在等。山中草木
依然在等。

不只仲夏人才想寄居葱茂之地
我看见了
那么多盏灯火闪烁
总有一盏,是你的。

——刊于《扬子江诗刊》2017年第6期

现在是八月

自从七月从身体里抽身而去
我就不是我了
一具秋意的身体
等待一场无意义的枯萎

又看见长江
无数只来往或停泊的行船
幸福莫名
那么长的江水
够它们依赖一辈子

恍惚间
左窗口的黄太阳即将坠入深山
右窗口的半月亮已到半空
我有很多的泪水要形成瀑布
但无处滴落

是的,只有我自己告诉自己
感伤无用
用思念吓一条长江也无用

——刊于《扬子江诗刊》2017年第6期

触 点

不仅仅是时钟在循环往复
还有拍向礁石的海浪
还有一曲居住内心的音乐
还有夜，用孤单点燃的心跳

你忍心一次次地看我
在梦里失足
纸里的火烧了纸
灰烬被风拆散了骨头

有些事件被刀子保留
切得一片一片的
有的朽了，有的被雕成艺术品

——刊于《扬子江诗刊》2017年第6期

面孔或意象

桂花遇着风,就乱纷纷地想
不要树上的涟漪
就在树下恍惚
月光也不愿来打捞
不可说的意绪太多了
假设的坚硬,一躺下便是柔软

再翻阅不到你
自从你入土用死亡来隔离人世
被遗忘的形象
多么屈辱,屈居于
语言中的物什
踊跃脱身,离开了刚刚赋予的象征

——刊于《扬子江诗刊》2018年第2期

归

你总操着我听不懂的言语
一轻吟
无名的小鸟就会呼应
身体里不止一处有废墟
你来蓬勃就好
寺庙和剧院刚刚坍塌
秋风伸出了刀子手

家园小到只是一个你
为了包容我
一再产生奇迹

——刊于《扬子江诗刊》2018年第2期

悲 伤

湖水由着风推搡自己
芦苇低头，俯身
风有这样主动借居的能力
让草木们现出它的原形
置自己于寒瑟之中

冷冷的人
在黄昏
被风一遍遍穿旧
又被剥去，扔在初冬的桥头

醒目，而孤零

——刊于《扬子江诗刊》2018年第2期

从未见过的

深冬有迷雾之美
每一棵银杏,都是孤独的

你负责天意,我负责融化
时光越近
越没有雪花和雨抱在一起

我们都不说话
各司其爱

做你的月亮去吧
哪怕再不看世界一眼

——刊于《扬子江诗刊》2018年第2期

河里站着废弃的桥墩

这么冷,是为了
等待。过期的,杂草丛生的
水或波浪,想的只是昨天
昨天睁着一双瞎眼
在天空露出默哀的神情
云儿好看,鸟儿也好看
它们在水里飞翔的样子也好看

"想念一个人久了,一定会重逢"
我知道重逢的地点
是无路可走处,失眠就诊处
和失败相挽,频秀恩爱

再大的风潮,也不影响这一生的搁浅
你不再经过和观望
再见了,再见
从遗忘到孤单

——刊于《扬子江诗刊》2018 年第 2 期

旧影集

安静时，岁月就停下脚步
音乐在画面外，随着
河水向往昔流淌。姆妈，大大
那么年轻。一个扶犁，一个荷锄、
背景是山、竹林，和田地
黑白中，茅石屋靠着开花的槐树

我不知怎么与时光对质
我无心与他形成陌路
一转身，就与他擦肩
只是擦肩，他依旧行色匆匆
都来不及
拭去我脸上滚滚而落的泪珠。

——刊于《扬子江诗刊》2019年第5期

竹 西

月亮,终于肯出来和我
说话了
我只悄悄地恼恨
桂香飘荡在田野时
稻田里,一片黄灿灿的
月亮,愿意歇在乡村的上空
和我的眼神相互撩拨
在秋风寂寞处
吟诗诵词……

你若仍在淮左,天下还是你的
有了缺失也不计较
被山河壮大的魂魄,和人间草木人物
都有血缘亲情。你
负责照耀,我
负责苦笑。用失语的方式
追随影子,来爱你。

——刊于《扬子江诗刊》2019年第5期

词牌：越江吟

引流人悄悄地站起身
我远远地看着他
和月光耳语
任何地方都是他的园地
他一扇羽毛般失重的心
飞入哪一片时光
他就滚烫，给深处，以忍受和温存

我从来不曾停止靠岸的渴望
只要他是大江水
我就交出所有骚乱不止的野鱼
不止他，自顾自地热爱
近近地，远远地
不为我回头

已经没有人像我这样为渡过而决意停下
他所属的白日梦
也汇流汹涌
我看见纵身跃向瞬间的人
一刹那，便
得到了波澜无际和完整

——刊于《扬子江诗刊》2019 年第 5 期

词牌：应天长

美在危险的地方
等我
运粮食的马车，经不起颠簸
摔得到处硬伤
扬鞭追赶的老人
好好地做你的夕阳人
我累了，能不能不去远行？

赶了一生的路
路还是远的
我们仿佛改变了，被时间催促
白发童颜
看起来自由自在
却舍不得居住久了的家园

在没赶到之前
美是不是消失了？
我们凭着什么样的幸运在靠近
靠近，靠近，远远的
美还在，软坏了心肠
怎么也敌不过
弥坚在野的爱情

——刊于《扬子江诗刊》2019 年第 5 期

春 寒

告诉我,那个人惊讶着

去诗歌里取暖

他应该是我身侧的男人,闪着太阳光

在我三十岁,或是四十岁

不甘宁静并俗不可耐的时期

如水被风追逐

如鱼儿急着被更持久的话钓起。

——刊于《诗潮》2011 年第 8 期

真 实

雪，静静伏在屋顶

树梢，街道……

白翅膀扑灭了所有

这是剥夺的时刻

而我相信

没有一样他能拥有

这么不可靠地

伪装，他

证明了他敢在痛苦中魔术

为了形状

为了白

为了轮廓

一个人的脸颊，最终变得虚无

——刊于《诗潮》2011 年第 8 期

土 豆

那么深色的一个人
躲在土里说谎
更远的,才是混浊的
需要挖掘的方式
才傍上人间的烟火

他不是一个人的果实
至少,和我曾相互追随
一旦有了激烈的思想
就穿过厨间的刀刃
绽开的面目
从容地模仿了我

那一刻,我应着他暗暗的呼声
纵声跃入生活的水桶

——刊于《诗潮》2011 年第 8 期

误 读

我单枪匹马,听到了
颂歌。一粒麦穗儿
回到了麦田
一滴水
汇入了江湖
一只忘我的狐,迷恋了人间的炊烟美景
与我对决厮杀的
是这样的壮阔奇观
劳动、凡俗、油垢、剩饭残羹

我迷惑到势单力薄,不想
再抵御汹汹而来的
万马千军

打量,猜疑
我们谁也不肯从夜的血色唇舌
取下
一朵干净纯粹
呜呜颤动的花朵

——刊于《诗潮》2014 年第 12 期

愿 得

窗台，文竹在风中动。

吊兰在风中动。

对面的屋顶，一只灰鸽子来回跳着。

哦，有家不回的呆子，

就它这个样子，不安，徘徊，左顾右盼。

像我，一颗心，一旦穿越，就是十年，二十年。

甚至是还赖在那贫困年代的子宫。

儿子昨晚和美梦对话：美梦美梦，你在梦里要梦到我哦。

我要去理想王国实现很多东西，一会儿见。

妈妈，美梦听到我说的了吗？

儿子，美梦说，他等你，和你一块儿去。

太阳隐匿在云层里，仿佛一个人隐匿在不可知。

那年，他像雪一样被自然法则带走。

那么纯洁地向着寒风冷雨撒谎：他不在，就是他在。

今天一点明天一点，极其庞大的雪山，正在形成。

——刊于《诗潮》2016年第7期

春风在哪个旷野上朗诵

最近总有个人来梦里客串,角色忽而善良,忽而邪恶。

我不信垄断,但我充满了饥饿。能吞食的,我不挑选,一个都不放过。

那时不是邂逅,是一生的结伴。只披风尘,只话漂泊。

只在我这里贪睡。醒,也冒上帝的名,来哄拍自己。睡吧,像万物中的一物。

享尽人间的荣光。

我的梦里没有土壤。你播种的心要落空了。

看到一幅画,一轮白月悬在淡蓝的夜空。三两根光秃的树枝斜弋。再没有多余的一笔。

是《空》吗?我更愿意命名它为《等》。

和我灵魂有过亲近的人,来过,还会来。

像春风热爱四月。像时光将花朵催生为果实。

不仅仅以文字示众,更以美,以爱情,以尤物。

——刊于《诗潮》2016 年第 7 期

述 与

　　一时还找不到代替我思想的人。
　　我只是思想，没有去行动的能力。
　　我又梦到了工作多年的医院。树是秋天的樱桃树。美人蕉是冬天的美人蕉。琼花却是春天的琼花。梦中人都不复昔日的样子，看起来个个繁忙，脚步匆匆。偶尔停下，相互之间传递着悚人的鬼怪故事。我去签到，签名簿上已经没有我的名字。
　　我的岗位是收款处，还是药库，是统计室，还是药房？
　　明明怀着不可告人的使命，看到院长那副丑陋的嘴脸，我吓得逃了。
　　一路逃，一身冷汗，逃出了梦。
　　这些年我是依赖自己活着？身体里最活跃的记忆，一遍遍地死去，复活。
　　烙印是如何烙上心脏的？在任性绝望的时候？
　　越是渴望，越是失去。
　　还有多少黑夜让我纠缠。奔波于梦，不堪折磨。
　　儿子批评我了：邵连秀女士，不要嘲笑，要有爱心。
　　好吧，我从那个虚无的界面跳到这个真实的界面，一落地，遗忘就在了。花草树木的水珠亮
　　闪闪地。儿子，咱们手牵手，看春天去。

——刊于《诗潮》2016 年第 7 期

大 风

若不是归隐很久，它会如此地狂暴吗？

香樟树褪落的旧叶子，像等它很久似的，抱上它，生了翅膀和脚，飞跑着，以它惯有的姿势。纸屑，塑料袋，灰尘，也成了它的爱慕追求者。

哦，一定被孤独坏了吧。大风，你一向行动大过言论。

只要你愿意付诸行动，改变也会如此简单，大风来了，世界仿佛变得新鲜而干净。

船在激浪里颠簸，像人卑微在尘世。

大风中的江海，河山，信仰着大风。

它们的大风前程远大。被大风历练的它们，坚定而温柔。

将自己的身体敞开，让大风经过，给你以冰雹，或给你以火热。

越逃脱，越陷入，越陷入，越辽阔，越辽阔，越无穷。

无穷到没有尘埃扬起，万物和平，你在风的那头，是最后被席卷的飞腾物。

——刊于《诗潮》2016年第7期

慢慢失去记忆

我沉迷的，就是这个江山
从你的意愿中出来
还我以秘密
作为回报
幸存物们
都有漂亮的声色和陷阱
我坚信，你有一份和我相同的
幸福的能力
我的梦，抱着它的灰烬
在夜色中，响动鼾声
你可以仔细地听
屋檐那边，就是繁茂的鸟声
它们低下翅翼和比喻
躲藏着爱，在这一刻
万物皆有了坠落脱离的意义
迷惑本身就是这样的：
从表白到沉默
从沉默到罗网，我们都是
自愿倾心投入的火种

——刊于《诗潮》2016 年第 11 期

雨时钟

说话的人

在屋子外面

屋里的人

不说话

雨一绵长,心就背着生活的方向

走出辽远

我们到了静听屋檐滴雨的年龄

听到了失落和消失

在睡梦的脱离的片刻

我走到窗前

看到了属于世界的世界

懂得了孤独,也懂得了不懈

那些重复着深渊的雨

是要时光和虚无跃入的

前一滴与后一滴相撞着

那么荡漾破碎,也觉不出丝毫的疼

——刊于《诗潮》2016年第11期

暗　洞

雨，不再受着伤感的控制
浸透着田野间的麦子
我熟悉这样的转折和降下来的体温
它们所在的
就是最好的地方
深陷就是重生——
来年金黄的油彩
是一个静梦者，会画出远归的热爱
呈现，归隐

它们靠得多近呵
彼此热浪埋伏，一致地爆炸或顺从
不似我，找不到道晚安的人
触摸着黑暗中的失眠，盛开
将自己跌落到最深

与我身体最合拍的风
吹我

——刊于《诗潮》2016 年第 11 期

深 蓝

我会躺着,叫上原野上的落日
它是我曾掷出的心脏
如今,在深海下,它要重新归还
我后悔将它种植于天空
那么明亮的手掌,却不能将它完整地
托住
再给我吧
我身体就是它自由活动的房子
活着,在我这儿,这门内
宁静而深蓝

——刊于《绿风》2009 年第 5 期

蓝

我会越来越小
我会到一颗珍珠里,到一秒钟里
去生活
不想反抗,对着那么大的天空和海洋
我需要挣脱。就让我有闭塞的内在
和美好的外壳。在这个世界的手掌中
在你的手掌中
存活,缓缓地摊开你的手掌
看我如光辉,陈列在那一瞬

——刊于《绿风》2009 年第 5 期

蝴　蝶

蝴蝶的幼年在蠕动，在吃掉冬青的嫩叶
我看不到它的牙齿，我只看到它疯狂地攀行，啃噬
它要活着，活着。沿着春风树梢
它能走得很远
冬青树叶，有越来越多残破的洞口
冬青树叶，连洞口也没有了
蝴蝶长大了，开始飞了。它看见漫山遍野
一望无垠的花朵
它看见和它一样，带着幻觉，一大群
咀嚼春光的蝴蝶

——刊于《绿风》2009 年第 5 期

病之倒计时

有一种习惯，是给你的。
当想你变成一种习惯，我就开始没完没了地收拾习惯留下的狼藉。
虚妄的声名和虚妄的心灵。狼藉的声名和狼藉的心灵。

我看见你了。
你我之间隔着一道巨型的透明玻璃。
那么透明的玻璃，可以清清楚楚地瞧见你的表情，一举一动。
那么一块透明的玻璃，让我们彼此瞧见，有徒劳的欢喜。
那么薄，那么剔透，
仿佛一朵巨大的冰片，雪壁，
击中我们最软的一根肋骨。

我们是两朵雪花儿一样的蝴蝶。
踩着同样的鼓点起舞，我在这一侧，你在另一边。
哪里有你的足迹，哪里便有我迎合上来的心动。
我的出神，神往，旷怡。你的旷怡，神往，出神。
固执地等，等上多少的光景……

下一次。我们是不是已成了宿敌。
被生活吃掉，
会实现无数次的积怨和重逢。

无奈和隐忍无药可救。我们找什么医生？

那广阔迷人的，正是我们的禁区。

我的语句藏了很多的允诺，它们奔向了它们的主人。

无界无限时，我们的山水国家回归，我们同饮一杯甜蜜的毒酒。

那时，我们有了飞快的死亡和复活的速度。

那时，玻璃熔化。春天到了。

我们，也各自拟好了自己的自控书。

——刊于《诗歌月刊》2013年第6期

存 在

时间是最擅玩味月亮的。尤其是弯钩儿样的月亮。

置身于那点光照，我们微弱，不再惊讶从怀中挣脱的现实。

一个人的时候（事实上，无论何时，都不可能是一个人），我想我是潜逃状的，如那一钩儿月，被无尽的谜团包裹。出谜的人呢？我是猜谜的，我想抛却，远远地从天空遁避出去，却欲罢不能。

不管承不承认，我们都是生活的懦夫。

我的守闸人，不告诉我他放开闸口放水的日子。

我要经得起风浪。包容一座海洋，本身就是一座莫大的海洋。

月亮里应该也是有冬蝶和野菊花的。也有拌嘴、喝酒的人居住。我是想念家乡了。那些树丛间屋顶上被北风吹得柔软、弯身腰的炊烟，无忧无虑长势撩人的庄稼……延续着我对现实的忍受。

凭着我们，丈量得了时光的宽度么。不能和大海决裂，像不能和自己决裂。它那么生活，那么坦荡，和每一个日子履行着不平等条约。

我曾那么害怕，害怕留下一点蛛丝马迹，成为道德法庭上的呈证。

写了那么多文字，也只不过让空荡的案卷增添了疯子的口供。

我们的内心都有一个上帝。无时不刻在统治，镇压。我熟悉他的嘴脸，我以为他会拿走我做爱人的资格。他没有。

你能和一个疯子说可耻吗？能被精神左右就能被物质吸引。仓促的爱，远远遂不了变形人的心愿。

负荷＝责任，付出＝索取，饱览美景后，这些等式成立吗？

无限地展开自己，像展开一张空白纸张，让梦来著作，涂画。每一笔，每一画，每个来处去途，都摄人魂魄。

你懂的，我们来到人世就是来取个暖而已。和时间玩味月亮，是一回事。

——刊于《诗歌月刊》2013年第6期

灵 魂

你是另一具如此温暖真实的物质体。

有过重创和游离。

反对物质的物，本身就是物质。可感知的，可弥留的，生动的物。

命运正在谱写它的进行曲。谁来弹奏演绎？

在那些不知所踪的梦里，你轻声唤我。

身着单薄的衣衫，于寒风中，一脸的困惑和萧冷。

我们有了初见的招手致意，有了再次的肌肤相亲。我的体温，你的体温，共着一个姓氏。

悲剧是，我们是一体的，

只要有不堪，我们就会再度陷入生活的漩涡。

我感应到的你，比我更留恋着梦幻花园和人间美景

共着呼吸，我们同有一个不能背叛的祖国。

一样的海滩，一样蓝灰的天空，我们彼此信赖，依托，同病相怜。

在辽阔中飘荡，连空气，都弥漫不舍我们气息的脚印。

我有过那么无助萧索的反抗。旗帜，在占领地灼热地晃动。

但无眠证明我们都是失败者。有时我向你示威。有时你向我宣布起义。

像两只蝼蚁在峭壁攀援，互为影子。展开相互的挚爱和仇恨。

我是那么相信——相信你

不再改妆换面

只与我亲近，在今生。即使来世，也还有再一次的相认。

——刊于《诗歌月刊》2013年第6期

狂忍词

我坐到了谷底。在谷底看天，天那么大，就像谎言。

一个人在暗中奔跑，他向我提供了雪迹，青草味，和他身体里刚写就的一部传奇。

我把自己埋在浓雾的安详辽阔中，我看见那个虔诚的爱雪者单纯得让我难过。

弹着雪的节奏，呼出雪的叹息，我是唯一愿意和他一起渺小的被风主宰的侍爱者。

任着风移动。开放。搁到最低的洼凹，不舍离去。

是故意存在的？故意让梦惊动，让心竖起燃烧的旗帜？

这个冬天，不再对弥世者开放幸福。落日开始有了回声。我体验着你的去向。我不快乐。

亲切的身体一旦风暴，便是原谅不了的过失。

对每个黄昏，你是不是都抱有爱情？在被命运指定的地点，你真的像枚早出的月亮，顾不到我另一面的漆黑。我是不转身的，转身，就看见你了。哭，还是不哭？

活着活着我就成为了你。如果还继续活着，我就拒绝安慰，我们谋杀了彼此，又复活了彼此。我们的意义多么好，就是阳光碎泥一样活着，见证这一世的旁观冷意和生机。眼梢活动的，便是春意。

——刊于《诗歌月刊》2015 年第 11 期

你是我的米勒

你是我的米勒，随时随地随心，随手随笔，画我。

素描我，也素描自己

浓墨重彩我，也浓墨重彩自己。

在方寸画布，摹绘我的耕作、播种、撒肥、收割、放牧、背柴、拾穗、沐浴、祈祷、哺育……

你是我的米勒——

你有放荡的鸟群，有赤足自寒的小丘比特。我看守羊群，生火取暖，极端地潦倒贫困，面目模糊。你是我的米勒，如乡间小径，麦草堆，夕阳下的山风，裸露，天然，纯粹。

你是我的米勒。是我刚接触便又转身离去的秋天。月光永远诱惑着你成为她身体下的宠物。

你表现我是春日背后那一弧坚定的彩虹。你无声地赞美我的无处不在。从房屋、道路、森林、灌木、河流、教堂、灯影、野菊到每个角落空白的地方都有宁静泰然的我在进行缝补、纺织、喂养、劳作。

你是我的米勒，你自然得像自然回归自然，像葡萄和苹果点染了果园。

收获我，捕捉我，洞察我。

我是你落座的庭院。你是我的米勒。是我日积月累，年复一年的期盼。老人们一个个地驼背而去，小丘比特们手牵手在跳舞。

你是我的米勒。到田间荷锄劳作，对命运痴语不止的米勒。你是我的米勒，到海里航行，把生存喻出风浪的米勒。你是我的米勒，在暴风雨里不肯撤退、原罪累累的米勒。

久久地画我。久久地成长为你的眼疾和心病。你是我的米勒，为了再现大地，劳动，泥土，万物。你是神秘，悲歌，芬芳，语言本身。不着一个美字，却美出无限的爱的影踪。

你，是我的米勒。

——刊于《诗歌月刊》2015年第11期

荒　腔

总有一天，他觉得失散
有了药性。对于生病的人
所有的痛楚，哀伤都要身体去经历
失散，去了旧疾，却生出新的病根

大地佩戴着野花
我从不服从那些黑夜的辜负
你在丰草地挥霍苦难
那么相爱的人，却不在一起
拥抱，或伤害

从不想为他唱一首哭泣的歌
我撑开自己的心
就是一片天空
星光闪耀，爱怎么想就怎么想

——刊于《重庆文学》2015 年第 11 期

瓦 砾

我咬定的,是那个磕碎牙齿的词
我咬定,它就被我连同碎牙齿
一同咽了下去

爱强制执行的时候
我就微笑
磨砺带来了一把刀
我觉得羞愧
灵魂吓得失色
慌忙将月亮还给乌云

——刊于《重庆文学》2015年第11期

初 见

梦就这样醒了
在他吹散我的时候,又向我的心瓣要泪水
哦,那么少,呈现了此而呈现不了彼

你远远地代替,代替不了另一个你
船被撑到了湖水中的夕阳深处
我开始迷恋赶路

但手脚麻木
用自由交换不了到达
就一根针,将我充气的身体
轻戳了一下,身体,就缓缓地瘪了下去

身体成了空口袋
装得下平静,也装得下怀念

——刊于《重庆文学》2015 年第 11 期

九 月

一支离弦的箭,肯定是觉醒的
它的快,充满了默契
关键,是它射中了什么样的目标
什么样的创口证明了它的身份

光芒是远去的光芒
时光拎走了镜子中的人物
我们都替山河活着,即将容纳
更多的枯荣

——刊于《重庆文学》2015 年第 11 期

呈现·十

月亮沿着崎岖的天空

缓行

他没有河床

没有岸

行进的时候

天空到处流淌着蓝光芒的河水

他漫过乌云的脚印

白云的脚印

太阳的脚印,星星们的脚印

他漫过了岁月

漫过怀念,漫过我村庄的前额

被我怀恨,忍受了很多

又不得不爱上他所灌溉的

——刊于《重庆文学》2015 年第 11 期

呈现·十七

几只大鸟穿着黑衣服

停落在对面的楼顶

看它们交流畅快的样子

似已赢得了彼此的欢心

它们不知道

在这个冬日小镇,有一个人

看完庭院中的桂花,金银花,兰花

就将目光送给了它们

仿佛凝固,也仿佛阳光

再加上蓝天空,如同一段文艺片的播放

冷时光与暖时光,正脸贴着脸

背靠着背

画面带来更多的消磨和滋味

每个分秒,都充满忍耐和自由

——刊于《重庆文学》2015 年第 11 期

墓　地

　　我喜欢丧失后再保留这样的场景。
　　凭空捏造微风，纸空气，床，救护车。
　　因幻术而毁了容貌的，在阳光花草间，人面桃花。
　　安静的刀子，摔碎的土地，正出租给麻木和僵硬。
　　水，不是沧海的水。云，不是巫山的云。
　　但我们宁可相信，这里有魂灵栖居。
　　狠狠，狠狠地倾诉，狠狠，狠狠地变动住址。
　　真的没有不安。亲爱的。本是尘埃，归于尘埃——说得多好。
　　爱我们的，一个个地都来了。寂静的，热燥的，不管有多么黑，多么虚无。
　　他们来了。前仆后继，填满尘间的疼痛和漏洞。
　　不管这一隅，有什么风光，隔着我们，一世，或几世。
　　这里也可以给你写信，我变动了地址，我要告诉你。
　　唐宋元明清的词家们都在。他们的月光辞和我们的月光词一样熠熠生辉。
　　挺好的。重新有个履历，我们翻阅彼此。再不要婚姻。
　　和阎王酒盏碰触后，打个招呼，可以让我们
　　做个邻居。见着面点点头，偶尔，聊会儿天。

——刊于《大诗歌》2012卷

狮子座流星雨

今天，冷。阳光和心情不一致。

那些雨和狮子座没关系。坦普尔和狮子座也没关系。

哦，只是投影重合。视角有误，坦普尔的情绪变成了狮子座的情绪。

2012年11月17日晚，是无聊的夜晚，百无一用的夜晚。

那些闪亮的，刺破天空的速度，是到达的速度。

33年才一次。33年——我将白发，33年，你将是瘪嘴的老爷爷。

再见时，我们也即将陨落，和一些浪漫词没什么不同。

潇潇洒洒地下吧。

痛痛快快地失控，撞击，毁于今生。

——刊于《大诗歌》2012卷

不是在这里

　　那是狮子相遇狮子的悬念。
　　被阴影触动的光线，仿佛是与身体作对的魔鬼。
　　森林空着，草丛空着。孤单空着，意外空着。
　　那么多的空，狮子不肯消失。
　　它们的舌头，顶着它们的牙齿。
　　连相对的寂静也被掠走？蓄足了要向对方证明的勇气，哦。只有空下来的回忆。

　　空，就是古老的传统。在空里繁殖草木，繁殖流水，繁殖辽阔，繁殖主宰的野心。

　　谁肯像原野一样放弃星辰往事？一场安静下来的身体里的暴力，有了苏醒与叫嚣的方式。
　　世间万物，谁没有泛滥理想的欲望呵。谜底深深浅浅，让夜色中的贪食者跌跌撞撞地
　　漩出腐烂的气味。

　　过分爱着对方的狮子，一定乌有地向着自己靠近。
　　哪怕短暂的相聚都是空的。完成空空的折磨，就撤走新的堡垒和阳光的弄抚。

——刊于《诗歌风赏》2014 年第 3 卷

幻 觉

和你提提冷空气吧，他变脸变得很安心。

只有倾听和动摇的份儿。

坚持着将荒凉从破碎融合成完整。

看着鸟儿飞在空中，飞一段时间后，便要停在屋顶或树头电线上歇翅。

它飞行的时间，远不够我们完成一段荒诞的纠葛。

灯光荒诞，稿纸荒诞，心思荒诞，书写荒诞。追随着这些荒诞，我就看见你了。

房间，风暴，怀念，阴影，草地都在。

我很计较你有没有下意识地守护我。像雕刻者守护一块木头。

像庄稼人守护他的田园。

走过冬天，回望也是美的。

我们活得锋利，刺骨，病慢慢地去，细丝儿一样地离开身体。

你出现了，我就想给来世写一封信，说说梦还没醒，一己肉身不过是任你雕琢的原木。

我不说我是谁的肋骨，很俗。你看一眼即春的流水，它具有我的身份，专与时间为敌。

更可以无形的奔涌。

想到你，孤独的巅峰，便空了。

——刊于《诗歌风赏》2014年第3卷

关　系

桥上与桥下的水里，都有盏不灭的月亮。
越往深夜里去，风景越拥紧了月光的身体。
浪自作主张拍打着岸，让岸生出一段深情。
风管不了那么多，它只负责经过。
你以为有禁忌的，都潜在体会的乱世，守着悲欢。

我疏于理想的记录，以为因着生计忙碌的人，都薄着一颗心，柔软，驯服。
不知道还有多少人，亲身体验了我的现实。
做一个小心翼翼当局的旁观者。
时间啊，什么时候知道悲欢了？
它只等待经历再抛弃你的悲欢。
它仓皇地走了，我们的美好，只好长一副文字的外貌。

我并不想孤独，只是在人群里，解放不了自己。
那么好的月光，提供不了屏障，做众生百态的掩饰。
看起来空空荡荡的枝桠，也许一夜之间，便冒涌了毛茸茸的叶芽。
生命啊，难道不是从蛊惑开始，又以蛊惑结束？
我说怀念或缺席，我说我在局外，或说只属于一个人的社会，多么具有讽刺的意义。

存在便有不慎的错。存在便有了战场。

在不被原谅的日子，找个晴朗的天气，我们找回春天。

不再任它散落生根于别处。

——刊于《诗歌风赏》2014年第3卷

隔　阂

对很多人，我抱有一种盲目的深情。

他们春心萌动时便写到桃花，直到写到繁华殆尽。只是，我没有能力接受太美的。
在幻觉面前，谁也没有蝴蝶这般，飞舞得好看多面而柔软。

距离这鬼东西，诱惑欲望在沼泽处自残。事实上，冷血的还有冥想与现实。

春天不像冬日那么抽象，声音和颜色都有了心脏和依靠。
鸟儿频繁出没。目及处，绿意盎然。处处是败给精神的新容。

作为旁观者，我必须与这个世界若即若离。偶尔远远地热爱，留下青春。
在青春埋下头的时候，我甘于消失，隐瞒不了眷念，就让它们在黑暗里侥幸。
只有微凉的月光，月光化人，无争的人倾国倾城。

我习惯了独自与天空对话，相互倾听了什么，空气知道，桂树知道，磨石头的人知道。

有一种狂草，被激情书写到生活的骨子里，我已不能逐字认出。

不用多久,我抱着岁月留下的笔迹与废墟,在未来,悬空,经过。

——刊于《诗歌风赏》2014年第3卷

弦外之音

越往春天的深处去，文字越是可怜的。
就仿佛幸福，因为短暂，还又生着退避的心。

不是没有能力描摹众生世态，是不能如四季，把握它们的炎凉和寒暑。
无论何时何地，没有屋宇烟火，哪里还有人间气象。

我希望见你时，还是以三月，做着参照。
蜜蜂和鸟雀们，在它们的安乐之处云集。
我们的远处，荒寂，澄明。附近，有哗哗啦啦的吹拂流动声。

我要的，不仅仅是那片空旷。
不仅仅是一份自然而伤心的独处。
当满山坡海棠粉红，被风拧疼了脸，我需要有个人，在近旁，安慰它。以眼神。

我怎么成了无处可去的人了？
拗不过岁月的环绕，我与过眼的一切发生着一场场保险为零的爱情。
以风雨诠释处变而蓄意相遇的人生。

带着空酒杯而来，哪怕睡梦间，也有人为你斟满。

时光若是再来。我们还是陌生的。我擅长隐身于火焰之巅。

对于春天，对于草木丛生，这，就够了。

——刊于《诗歌风赏》2014 年第 3 卷

白 露

回忆的时候

你在

把自己修整成寂寞的阴影

梦里,你一直是那个该走的人

带着我的行李

这一天的飞雪是隔世的

穿过岁月簇拥在一起

阳光下,我不敢提及肉体凶猛

到处舒展的向日葵

掩盖起

灵魂的一次复生

——刊于《诗歌风赏》2013 年第 2 卷

大 寒

我还是以为,存在的
就是物质的
当你这个天使,与我这个疯子相处
即使点燃香烟
你还是物质的
我知道你身边有人代替我出现
和你一起生活,过分地假意,幸福,爱得仓促
我很放心我的累赘身份
再次离家出走
饱览的风景波涛雪景
都是物质的

——刊于《诗歌风赏》2013年第2卷

立 冬

月亮就在窗外

燃着

这一块燃不尽的燃料

像一朵怒放,解下真味的雪花朵

任性地,无端地和寒冷

纠缠在一起

他不穿风的衣裳

他只创造阴影

和欲望

——刊于《诗歌风赏》2013年第2卷

谷 雨

虚无肯定是一种病
当它找到你,黏上你
它就有了依附的肉体
你给了它轮廓和漩涡,它像花蕊钻进了蓓蕾
它像弯月儿,悬于夜空

你给了它神经
它会苦役,幽叹,绵延
偶尔冷落,也无非是想更深地
无边沿地覆盖你

直到它和你的关系
是唇和齿

——刊于《诗歌风赏》2013年第2卷

立 春

在那里我看到自己
是一面被封杀的绝景

热爱着开放

看不见的答案，也美得炫目
哦，木头人，我明白
我们彼此
不过就是生活的填充物

就像一朵云对天空的意味
几缕炊烟对村庄的意味
棉花对大地的意味
流水对河岸的意味

我不打算对抗
我只是很远地顺受
我想知道哪种长久的力量会夺走痛的，刺的，冷暖的，虚妄的你

在我看见自己的时候

我以最快的速度

闯进

——刊于《诗歌风赏》2013年第2卷

立　夏

自己的语言和符号
在长篇巨论中彰示自己
我喜欢梨花桃花满树的样子
我喜欢油菜花铺得满田野的样子
我喜欢麻雀喜鹊争相鸣叫的样子
我喜欢我独坐面对白日梦的样子
我喜欢你带着遗忘找着往事的样子
我喜欢我们失踪在时间外的样子
我喜欢蜂蝶碰动花蕊的样子
我喜欢风在麦田里形成波浪的样子
我喜欢那个妇人痛骂她丈夫的样子
我喜欢那个老了却伪装着青春的男人的样子
我喜欢天然与污浊交相纠缠的样子
我喜欢我所喜欢的一切掳获我心灵的样子
我喜欢爱纠缠扭打我爱人的样子
我喜欢众儿女憨直怪异离经叛道的样子
我喜欢时钟停止走动却挽留不住时光的样子
我喜欢你仇恨我又梦游尾随我的样子
我喜欢鱼儿离开河流挣扎的样子
我喜欢这么多的喜欢
你知道为什么

我喜欢我为了更深的寂静，让你成为
寂静中最无垠广阔任我游走的胜地

——刊于《诗歌风赏》2013年第2卷

小 暑

你又梦见了桑葚，槐花
我认定的火焰
你在接纳——
那是我的温度，我的爱人
我们为了久别，互为冤家

战胜你，用的也是另一种光芒
现在，连梦也留不住现场
是花朵宠爱了蝴蝶
是云朵宠爱了湖水

我胡乱地使用着信仰你的方式
看一眼四面江山
就想说再见，再见
变或不变。逝或不逝

我都选择劳作，信任，攀登

——刊于《诗歌风赏》2013年第2卷

大 雪

有时，生活就是这么简单
有一种很疼的拥抱
是别处的拥抱
爱，有时就是无地容身

那么，你是不是我的小鸟儿
在我失落成一棵葱茏之树
我就依赖你的鸣叫
不管远方，民间，命运
只是来较劲我的寂静

有多少浮尘，就让风
带给时辰和村落
在你的睡眠处
我就是一棵要谱写恋曲的旅行树

不望不忘，此物，查无

——刊于《诗歌风赏》2013年第2卷

沧桑就是流了多个年代的江水

莲荷在水缸中

是不是想念池塘了,那种大得过分,一眼望去无边无际的池塘。

它那么孤独,似乎有了慢慢生长,慢慢凋零的理由。

让时间把自己挡在尘世之外。

扮相绝美又能怎样。怎么开放释艳,所获目光也只是寥寥无几。

越远才越爱呵,那些不得不踮起心来去看望的,轻而易举就拿走了自己的一生。

只要能亲近着爱,一瞬老去又如何。

偶尔有蜻蜓,蝴蝶,蜜蜂来占卜又如何。

能陪伴我们的,还是孤独,只是孤独,只是天幕,还是天幕。

距离产生美,更产生残忍。

相安便无往事。余生不余青春。

世界之大,只有这一隅的翅膀没有飞翔功能。

根在哪,花就在哪里呼唤。

越是患失,越无所得。

水流在大池塘,也流在水缸。

风吹在大池塘,也吹在水缸。大池塘万荷争宠。水缸里它给自己树起泡沫之碑。

——刊于《诗歌风赏》2019年第2卷

冬至书

现实是,我铺开了纸,却找不到一支契合心意的画笔。

给了我冬天又怎样,即使他走得很慢,我也绘描不出冷却的黯淡和光芒。

风除了扫荡了树叶,还扫荡着鸟和人。

寒风作强吻状。那么轻飘,偏重重地压下来。我是麻木,不是非分。将痛苦踩成道路。越来越长,越来越宽阔。

悲伤在让我获得更多的曲折和远方。我不是有意地漆黑下去。在冬天,以冰作燃料,也成就一番煎熬和重生。

频繁地使用情绪词,频繁地厌恶着情绪词,像躲避刀锋,又偏偏给刀锋以皮肉。

迟到虽迟,还有个到。作为梦中人,他连来都不来。

岁月从不返航。乘上一列命运之车,就不要想着试图逃离。

我们的故事不能以纪实的方式叙述。只能以哲理,或风。

我等着你老。等着你的那一支画笔。

——刊于《诗歌风赏》2019 年第 2 卷

一棵树

在深冬的一天，我邂逅了一棵树。

从一面古砖墙体斜弋而出。

它就是一棵树完整的样子。长了百余年古朴沧桑的样子。裸出的部分，就是一棵树除了根部外的躯体部分。

讶异之余，不能想象，它依靠什么样的意志，一日复一日，一年复一年的意志穿墙而出？

长就一副思念遥望的独特风景。它冲破一墙之阻，只是为了看见？

有梦还不够。让视线里有更多的梦。

寒风中它的枝叶接近着枯萎和凋零。但有蓝天阳光衬托，很美。其他植物们无法逾越的美。在春夏秋的时候，它更应该有不能让人遗忘的骄人风姿。

我爱上它了。这棵不以惯常姿态生长的树。它类似那个不愿为世事束缚想脱离世事的我。

它叫构树，又名壳树。居于中山路105号老屋。

我一直觉得它伸出墙外的躯体，是按照天意又违背天意而生的心。孤单傲然，让人动魄且惊心。

——刊于《诗歌风赏》2019年第2卷

灵魂在哪儿

你当它是过客，它偏常驻。

它天马行空，说出省就出省，生的异心足够人生昏迷，昏迷了还得依着它昏迷。

它一定有疾苦过幸福过的形体。那样子，可以是文字，可以是草木，可以是被岁月雕刻的人。

更可能是由泥土经烈火烧铸而成的陶制品。

当它与硬器碰撞，它便砰地碎了。

即使修补粘合，已不复完整。

当你是它的家乡，它不思回归。

当你是它的异地，你被它闯荡得生疼。

在你的国度里玩世，它武装一切制造伤害的利器，比如刀，剑，剪，石头……

没有它的命运还叫命运吗。它不参与的生活，就如坟墓上布满了青草和尘土。

那么道德又抛弃道德，那么痛恨窃盗却又贼心不死。

这个不爱静坐，习惯奔跑与闹腾的闯祸精。

从来不是我装下它，是它装下我，将我运至无数光阴和风光之中。

它在哪儿？时而在身边，时而远离。

在上场和退场间，我尴尬。它下雨，我淋着。它一个闪电，就劈我成植物人。

只要他想思想，我就是思想的木头。

他不长大，我就荒唐。他懂得了承担，我就是土地上的一方尊严。

他做骨头，我的身体就甘愿长期被它霸占。不止霸占，身体里的气候阴晴也被它左右。

那么多昏老的日子，它为我怀旧，我为它羁守。

——刊于《诗歌风赏》2019年第2卷

要不了太多的晴朗

雨其实就是乌云实现的理想。脱离天空,像灵魂脱离了肉体。

他是多么好的演员啊,给他剧场,他就疯演。

剧情跌宕,时而稀疏,时而激越。时而文静,时而狂暴。时而淡妆,时而浓抹。

就一个尘世的舞台还不够。他要演很多个尘世。

有时化身雪花,有时化身冰雹,有时化身为雾,有时化身为冰霜。

人间其实是个多么糟糕的剧场!你能演绎多少?就如我写眼前的字,只求瞬间,哪怕泛滥,已无美的堤岸,也不问能否生生世世。

我很想担心,你滴入哪片土壤就消失了。但你在呵,那么多被你复制克隆的你,到处都是你生动到僵硬的脸谱。

我是感觉到了,越是与雨聚会,越是虚妄与孤独。

菜籽串串饱满。没有菜花,几只白蝴蝶还在油菜上飞转。哦,我忘了,菜籽是菜花的儿女。

雨也在想入非非,它想在泥水里取火。

你感觉不到,最出卖内心的是无意间流露的神情。

我奈何不了那向着河流、山岭、土地滴注的声音,我更奈何不了自己听任这个向导的指引,成为绝版的植物。

直到双眼模糊,将一棵树当成一座森林。

——刊于《诗歌风赏》2019 年第 2 卷

阿尔丰西娜

还有一分钟,就把这暮色
换成回忆。
这部叙事诗,要强调这时刻
是的,病弱的残躯,挽留不住世俗。
爱情,也被疾病拿走。
这最后的一幢屋子,伯爵来过
阿尔芒来过
那些新鲜的,孤寂的生活

如果可以死第二次
阿尔丰西娜,你情愿迷茫,情愿被
误会,离弃
但一分钟,足够你看着一个男子
从你面前抽身。却不哭。

这么大的哀伤,也无法让你辨认自己了
爱,已经装满了你
你开始沉重,深陷。
一分钟的时间,足够你回眸,看一眼阿尔芒,他在几个月前。

——刊于《诗选刊》2007 年第 8 期

不名身份的左右

我在穿过一些山峰。在瞬间
我会惊讶这没有转弯的行程
初春，和被追溯的感觉
已没法将睡眠和呼吸充满。我是夜晚里，唯一意望出走的居民
向往一个天然舒适的森林。
一只身着光亮柔软毛发的兽物。在不远处温柔地走动
杂草和雪，秃树和云雀。风的颤动和沙沙声，这无名的动静
地方和时辰，必将运送我，降至火焰的最凹处。

——刊于《诗选刊》2007 年第 8 期

卡萨布兰卡

他无处不在
却是无法触摸的
穿过很多森林河流，也无法掠过他的阴影
他是旅行者，远了就是近
近了，还远着
她记得他的眼神，她的群山，被月光洒满
所有人安睡，她告诉他
她在岩石中，会复活一次。

——刊于《诗选刊》2007年第8期

炼

无望的人离开了火焰
他的躯壳是新的
四周都是暗器,在悲伤里埋伏
他披头散发,是个时光里借宿的人
被火焰吸引,融进她的妖娆妩媚
赶在血液奔腾的路上
他探到火焰热烈而灼人的皮肤

再粗糙的棱角,也在滚打中磨平
火焰敞开。万物敞开。
繁重的身体,繁重的身体
踩着了巢的灰烬

这么干净的拥抱,梦开始恐慌
不要吹了,不要吹了
那么大的风势,留下多少挥锤的匠人。

——刊于《诗选刊》2007 年第 8 期

十一月，滑过忧伤

如果伸手可及
我藏在那把锄头深深的锈迹中
等你忘记
这个冬天，你是不会把我拭去的
就像你不愿去拭去
一小抹，在唇边的月色，你害怕的，那缕冰冷
我在深深的锈迹中
等你，忘记

仅仅是开始，大家都遥远了
有些心情不要整理
就像阳光一样，照进了房间，你也睡吧
发芽成春天的光景
我要换上我的新面孔
幻想骑在一匹白马上，冬眠了。

——刊于《诗选刊》2007 年第 8 期

寄

只是想你。靠着回忆
我常常带着笑容睡去
我喜欢在下午徘徊,他们,这个世界的同居者,是看不见的
我爱上眺望,你,也只是一个原野,一只马匹
他们看到我沉迷。
在黄昏时迈着雾一样的心情。
你怎么知道。我只是轻柔地劳动
一朵花被我注视了很久。在你说出物是人非
我走过,也抚摸了一切,像蝙蝠一样
被寂静赶出黄昏。而后,被往事无端寄出。
没有下落。不具内容。

——刊于《诗选刊》2007年第8期

幸福一日

认出我

深渊的歌声认出了我：环绕，入侵。

后面没有人跟上来。

你是找寻天涯的人。

用红润的脸，来亲吻一双温暖的手。

我煮熟了玉米粥，坐在小屋里，等着分离。

野樱花开了。坐上这一日的火车

我看到，海角处的屋宇

被呼吸一点点地拖下水去。

——刊于《诗选刊》2007 年第 8 期

顷　刻

寻到一个偏僻的角落
就可以尽情地哭上一回。
被陌生包围，被世人忘却。就是一个人，静静守着自己
让独白和阴影，一次又一次地拥抱。去拖延很陈旧很漫长的时间
此地单纯。没有光景，没有故事，更不谈爱情
逃到一个只有自己的去处
就有顷刻的幸福。像幅静物。像眼前的麦田吹过暮春的晚风。

——刊于《诗选刊》2007年第8期

微乎其微

一颗尘埃，尾随另一颗尘埃

从窗口，到居室，到处有它们的影子

没有谁听见它们说了什么样的话

它和它，谁是谁的附属。

寂静偶尔会因它们混沌

它们看起来若有若无。

有了光，它们就一颗尾随着另一颗游荡

不即不离，类似于虚无

类似于黑暗，类似于陈年往事

类似于卑微的事物

谁能从尘埃处脱身，消除这如影随行的无奈和怨恨。

——刊于《诗选刊》2007年第8期

不 懂

他们睡了。归还了黑暗
将自己留在远方
把我关在门里

我铺展,卷起。像一座大海
独自活在辽阔的风暴里。

——刊于《诗选刊》2007 年第 8 期

之 后

我献身，是被锻打的物体
我变得虚妄
成为远方唇边隐含的生活
热爱的那些事物
远比灰烬诱人。
炉火看见，
剧烈的高温后，有怎样的销熔。

——刊于《诗选刊》2007 年第 8 期

初　夏

离开光阴的人
与古老接近
与田野和鸟儿接近。季节之外
是闲着的寂静，和流动的马匹。
是的，不放风霜雨雪进来
时间没有了头颅
摸着明亮的天空
我们只看见翅膀、镰刀、古木。

——刊于《诗选刊》2007 年第 8 期

以 为

你不说话，巨大的壳包裹你
你有壳一样的家。
永远是握着又被分开的两个人，熟悉，虚弱，紧密。

可是我不能收回我的手指
扣住你，就开始了它的种植。

越来越细的履带，勒索了家园
你失踪，将我绊倒。我的脸，本就陌生。

我听到，你在壳里打我的脸，
我醒来，仍是扣你手指的人。

——刊于《诗选刊》2007 年第 8 期

流　水

随处可以找着家园的人
到哪里，都能撤回家乡的住址
这水中，只有倒影
一幅图景刚刚入心
心，却要不停地漂流
就是这么快的相逢和愉悦
就是这么彻底而撩人的渗透沉潜之声
在每时每刻，向着现在，向着未来解体
他带走的，绝对是窝藏的旧血迹
像是凯旋，要抽出剑来断了柔软的身躯

——刊于《诗选刊》2007 年第 8 期

大　风

大风，抱着巨浪
它舞弯了这个世界的腰肢
万物颤栗，失去了方向
上游的水，浩浩荡荡地消失

我渴望置身，沉浸其中
不诉说，不怨尤，只倾尽我的身体
像一帆小船，漂在大海里

大风，抱着巨浪，把我颠覆
我占据着大风
身体充满了海水
海水也成了我本身

——刊于《诗选刊》2007年第8期

心灵胶片

越往山上去

草木越是枯黄

一大群的树干，因为阳光，有了

鲜艳的阴影

昨天，我还不认识这些石头

云朵。今天它们承载了我的沉重和轻盈

美弥留世间的时光很短

但弥留内心的时光漫长

几个人在山顶走动

就像一个人在山顶走动

想到一个人，很多人，仍在烟火外辗转

自然就会与爱合谋

来吧，看看喜鹊窝、赖石山

港里人家，除了回归

没有什么是我们需要的

——刊于《中国诗歌》2016年第5期

避之不及

有过青春的物体们
在阳光下
投下自己的身影

"上帝,什么时候将我们收了?"
内心很乱
狂抓自己的影子
在现实处安身立命

越顾及形象
越没有道路
事故不需要黑暗
它们在不停地发生

——刊于《中国诗歌》2016年第5期

梦中诗

在梦里,她依然是个好看的人
从镜子中打量自己
一次次获得自信和满足

人到中年了。在幽闭的洞穴
她看着初恋走过,情人走过,孩子们走过
他们都笑着回了一下头
她叫他们的名字
她难受,身上的衣服,怎么脱都脱不掉

书一页页地翻过去了
她记不清被作者托付在哪一页
"我不是湖水,不能永久地活着"

有种欲望将她升腾
她飞着,誓与尘世为伍
被迎面而来的人
撞得生疼

——刊于《中国诗歌》2016年第5期

告 慰

金银花叶，蜷缩着
覆满了霜露
在墙角，它是不是代替我思想
为了焕然一新
必须爱上这个冬天

必须让风，凛冽地
来心上披拂
和时间一起匀速地奔跑
一切都将是新的
河流，山川，年龄，容颜，故事
和一首诗歌渐长的手指

一首诗歌将要触摸的
远比春风触摸到的，要多得多

——刊于《中国诗歌》2016年第5期

盛 开

需要温暖的时候
他们不让我流泪
附着月亮的耳朵说
泪流尽了,就不好再去悲伤了
他们提前在屋后为我预备了一座深井
我不诉说,不燃烧
只跳进

跳进的还有星辰
赶不走身体里的乌云
痛苦亮着,和黑暗一般深
心愿意一次次冒险,翅膀
却已熄灭

他们觉得埋葬了我
用波澜和虚空
我只好一个人悄悄地看守自己
每靠近井口,就预约一个灵魂

——刊于《中国诗歌》2016年第5期

疑 云

有这样的天空
愿意收容。更像是未经过授粉的花的尸体
飘出羞愧和纵容
需要相信和虔诚

不一般的挨挤，对视
会有风脱口而出：逢场作戏

多么可笑，我靠着他
有他比不了的晴朗
和孤单。心总要大过这片片朵朵的旋绕
用网，网尽漏洞
他溜走了，就不再是他了

越离开，越庞大

——刊于《中国诗歌》2016 年第 5 期

忍一忍，冬天就过去了

心一旦萧索

就锁住了所有的繁华

灵魂总是先于肉身醒来

除了被无数次虚无

肉身，算得了什么

一轮归西的太阳，用什么心态

映照林间的残雪？

春风越爱越博大，她的耐心甚于我们

涂抹的颜色，跳出绿，跳出盛开，跳出重生

那么多的根茎枝头

都是预言

这个分秒的心跳

让你分外动人

好消息将你带走，我是

远方的耳目

——刊于《中国诗歌》2016年第5期

麻 药

将它像巫蛊一样饮下
不需要多少年
我们就戒掉了激情
余生呈着病态——骨质增生
野心磨损

只有悲伤,不被我们洞悉
只有爱,让我们诚服

空旷,不再属于任何人
我们和时光还是相互威胁的关系

相执不下中,都甩不开彼此

我不醒,我不想醒
想想这个世界的好
还有痛苦,沉默,无知觉的人可以炫耀

——刊于《中国诗歌》2016 年第 5 期

火车开向哪里

我一个人在听
月亮，想停，却停不下来
一个地方，一个景
先是芦苇，运河，接着是
山脉，灯火
靠窗的座位，换了一茬茬人

星辰也呼啸而过
我不回首，我只泪流满面

——刊于《中国诗歌》2016 年第 5 期

风不能带走一棵树

或许,它真的知道自己的图腾是什么
当树叶落下,被卷向陌路
稀疏的枝桠间,是来呼吸的月亮

不要飞翔行不行?激荡的一夜
可能就是爱的一世

你来过——为了记住和见证
所有身体的外衣被剥脱
为了记住和见证
我是一棵慢慢光秃的爱你的树

——刊于《中国诗歌》2016 年第 5 期

不知道蝴蝶是谁变的

从心疼某朵花开始
他要心疼那些来授粉采蜜的家伙

一定是有了上世的仇恨
才会有这世的眷念

依依不舍,像娘子和夫君
冒着缠绵的坏样和傻气

——刊于《中国诗歌》2016 年第 5 期

你将如何度过夏天

我去问候了一下木头人
告诉他，我的人生又短了一截
安静的喧闹的
都跟着流水去了
我试着移动身体，让她走到边疆
一路上，尽是错误的前途

像辨认他一样来辨认一轮月亮
那么有难度。我要先承认我是贪婪的
在愉悦和美好间，现实和理想间
做到的就是无法取舍

想下去……想成瘦瘦的瀑布
想成长命的鸟。能分享
依偎。也能自由

——刊于《中国诗歌》2016年第5期

是这样的生活选择了我

像风一样
给树写一封信

遇见碰撞,每片树叶都在悸动
然后说:好吧,再见

说出的话无声
他却听见了

一个个字留在信上
舒服过了

又躲在纸间难受

——刊于《中国诗歌》2016 年第 5 期

你好，明天

先是一个觉醒的人
抱着短暂的黑
和你分离
欲望茫茫的，你看不清
他的脸是红是白
还是喜忧参半

对此，我们向往已久
现在释然了
太阳的脊背凉凉的
所有恨意消解

我们做到的，就是对自己残忍

凡是我们居住过的
风雪也来居住

——刊于《中国诗歌》2016年第5期

隔　壁

再爱我一会儿吧
她对梦中人说
秋天到了，处处还听到夏的余喘
秘密也被展览一回
爱一个人，可以爱出声音：
微烫，有汩汩之音
有如憋闷体内很久的泪水
在面庞上前仆后继

凉意不能被田野上的风独占了
他的去向，也是她的去向
往存在或不存在的空间

秋风暖啊，她告诉他
快递员抱着浪花
送来大海被扑灭的消息

　　　　　　　　——刊于《中国诗歌》2016年第5期

我的笔

我写了,这个时代里
有你

醒着,困着,都身不由己
为宽恕,准备了很多愚蠢和错误

土坯墙换成石头墙,石头墙换成水泥墙
水泥墙换成瓷砖墙

我写完了近景
远方更远了,那里
还有人等吗

——刊于《中国诗歌》2016 年第 5 期

至少秋天来了

夜本没有动静
你让夜有了动静
抱着一团空气
你像抱到了爱人
大口大口地吃
吃她的颤抖,吃她的泪水
吃她风中烟形的身体

再吃下去。树就失去了
所有的叶子。最后的蝴蝶
吻了下残花,失明地飞走了

除了抱她。你能做到的
就是让她从虚构中
带着你的体温逃离

——刊于《中国诗歌》2016年第5期

你在我身边

月亮来摸我的门
摸我的床
摸我的脸
月亮带着肉体来摸我
任他怎么抚摸
夜晚
还是一个人的夜晚
我在意外地独处
我在等
到来和不到来的

——刊于《汉诗》2015年第3卷

归来者

这个外表呈现丰收气象的
不是打谷场和粮仓
他来自我沉迷已久的历险记
现在,揭开他醺醉的身份
躺在我身边,他就是不慎误入陆地的游鱼
让我剥开他充满汗意的鳞片
一片一片,一片一片

——刊于《汉诗》2015年第3卷

风

再轻薄下去,我就飞了
在那些奔跑的暗示中,站立不稳
月亮在回忆中一反常态
他颓然地提醒
我虚构了很久,马匹,醇酒,沃野,清流,莽木
在生活之外
我爱上了真心隐瞒万千物事的人
小光亮,缠绕了远空间
我就想和你说,相对时光
我飘散着,就是回头客的样子

——刊于《汉诗》2015 年第 3 卷

他的地方

当水来到身体中
他捂住了耳朵,眼睛
感觉到的现实就是
灵魂不得不附于血肉,要呼吸
更要漫游。为了活着
继续浪费时间,继续
可耻

灰烬因为爱上了火而成为灰烬
云朵因为爱上了风才随着风去
水成了冰、雪又如何
遇着身体,还是水的身份

他总说丢弃,那些堤岸还在
我不能改变,只往水里
解散。以自杀的声势

——刊于《汉诗》2015年第3卷

写 照

画面里的人,开始囤积灰尘
蛛网,阳光,风
要使它们享受
也要使它们颤栗
被忽略的事物,都有一根特别发达的疼痛神经

田野失去了耕种它的人
麻木与爱抚之间
是废弃的摄像头

对一场大雪你仍一无所知
一颗心要多少年
才能产生锈渍

风停下来的时候
我又恢复了回忆的能力
这样的梦境
你,来么

——刊于《汉诗》2015年第3卷

混 形

春天了,胡子拉碴的男人
想象从花里结出的桃子
长成美貌女人
"我要画她!"
他不仅画了,还娶了
这个令他成为艺术家的桃色女人
命她劳役,种植了满世界的
桃树

——刊于《汉诗》2015 年第 3 卷

连锁反应

灯熄了
到我梦里取光

照见老地方
老屋
老山水
老鼠洞

天一黑
老鼠就悉悉索索地出洞
粮食和油,少了

我摸着姆妈的乳房
六岁的我有了幸福
大大嘴里嚼着花生
等着老牛产牛犊

醒来时,牛犊摇摇晃晃地站起来了
蹭到它妈妈的腿间吮奶了

——刊于《汉诗》2015年第3卷

求 婚

缓缓地翻动
一页页地
翻到第 23 页

你不会爱,但你会一页页地翻动
第 24 页时,你有了女儿
有了工作

第 36 页,你对婚姻起了杀机
你失业了
第 39 页,你有了儿子
第 86 页时,我在想你

——刊于《汉诗》2015 年第 3 卷

光 芒

郭集的月亮和各省的月亮不同
它粗糙,多棱。没被真正的海浪磨过
经过湖水或滩涂时,它能叫出我的名字

——刊于《汉诗》2015年第3卷

脚　趾

我们挨在一起
天生地要挨在一起

看见路
就笑了

私奔去啦
带着道德

——刊于《汉诗》2015 年第 3 卷

盛 夏

麻雀们一到黄昏
就欢聚在香樟树和电线上

它们就不遗忘和悲伤吗

我又望向深夜
那些符合焰火气质的物什
又在受孕

再想想,这死水
没有动荡
哪来美呢

——刊于《汉诗》2015 年第 3 卷

注 释

月亮一走上天空
就显得温情
小男孩的手又伸进他妈妈的衣衫内
摸他曾吮过的乳房
"这里好舒服呀,妈妈"

有颗星星跛着脚
在原地跳啊跳

要分享的人间
被梦打扫了
死角等垃圾,等得无比孤单

——刊于《汉诗》2015 年第 3 卷

要么庸俗,要么孤独

我叙述我时
月亮的另一面,黑漆漆的

我习惯把一个陌生人送进一个熟悉的场景
看江水奔腾
背着我辽阔,渺小,失踪

我都不知
如何踩上这梦的遗址

那么多泡沫状的坟墓
有幻想呆在其中

我不想开花,但蝴蝶来了
世界之大,竟无处安放自己的身体

或者就是烈火对于陶制品的意义
流水对于河床的意义
圆月亮对于天空的意义

我写诗,暂存于世
靠得很近,却错过了情欲

——刊于《汉诗》2015年第3卷

夏　日

我盼着秋风

拂过他的身体

被荷尔蒙

绘制的身体，发光，放纵

将远方解放到

附近

将附近转移到

麻木

爱到狂热暴躁后

就分娩出更多的孤独

田野里先是有了麦子

而后有了稻谷

轮换更替着

像在提示——

我们匆忙的一生

总有慢下来的时刻

——刊于《汉诗》2015年第3卷

我所说的微澜

要是成为风,能吹多久呢
吹不动时间的指针
但吹动一池水
足够了

我们相互消耗
自从有了小波浪开始
那么孤单的时光,也是起伏的

——刊于《汉诗》2015年第3卷

这突然的悲伤

田野里,处处是庄稼、植物
上帝给它们每一株都分配了一只蜜蜂和蝴蝶

在阳光明亮的时刻
相认。在阴雨连绵的日子别离

——刊于《汉诗》2015 年第 3 卷

我们都是孤独的

河里涨满了河水
它是大地饱满的乳汁
很久不再醉了
可看到麦子抽穗
油菜花像疯恋田垄的女人
我想说，再见
病，再见，罪过
我们可以像隐士和狗一样快活

——刊于《汉诗》2015 年第 3 卷

暮 年

我想了，想你更靠近些

视线模糊
你说你看出柏杨上的树叶
疲倦了，但还在留恋枝桠
绿意没有了，想哭也哭不出

鸟声欢畅
我的一颗心，飘浮
在你的海浪之上

手指上，尽是琴音
它在你的身体上
弹了快有整整一生

我是长卷
展开，就是你写就的诗

昨夜暴风雨
停了

——刊于《汉诗》2015年第3卷

日常叙事

我在寂静中不见
眼睛记不住饭碗

儿子在春天里跟我要大雪
他尽爱上我爱的

无奈说得好听是坚持
笼子不会放弃任何飞鸟
只有飞鸟放弃笼子

害怕间,植物们长势凶猛
孩子有了真理
大风浪在海里安寝

因为距离
我们将肉体和灵魂
再次分开

——刊于《汉诗》2015 年第 3 卷

后半生

那一眼看去
白杨树上瑟瑟颤抖的叶子中
有我

我不能比一盆兰花活得更好
我俗常,生病
有一点点感触就想写诗

它那么多的手伸在阳光里
要的,比我少

我的手窝在身体里,不敢伸出
我太想拥抱
却心患残疾

寒风就着火势,这么冷
谁给了我重复在剧情外的生活

那么,你问"你在哪里?"
我"唉"一声就答应了

——刊于《汉诗》2015年第3卷

跋

这是我的第三本集子，196 首，皆为文学期刊发表之作。

携带着自己的命运，我和诗歌在高邮这片土地上生长了很久。

寂寞地，固执地，原生态地，如湖边一株任性傲然的芦苇。

做岁月忠诚的记录者。

给灵魂，一个更接近于真实的定义。

我在，我思，我热爱，我抒写……

图书在版编目（CIP）数据

未名和时间 / 邵连秀著. — 北京：中国民族文化出版社有限公司，2021.1
ISBN 978-7-5122-1437-8

Ⅰ.①未…　Ⅱ.①邵…　Ⅲ.①诗集—中国—当代 Ⅳ.①I227

中国版本图书馆CIP数据核字（2020）第265825号

未名和时间

作　　者：	邵连秀
责任编辑：	张　宇
出 版 者：	中国民族文化出版社　地址：北京东城区和平里北街14号
	邮编：100013　联系电话：010-84250639　64211754（传真）
印　　装：	三河市金元印装有限公司
开　　本：	710mm×1000mm　1/16
印　　张：	14.5
字　　数：	200千
版　　次：	2021年1月第1版第1次印刷
标准书号：	ISBN 978-7-5122-1437-8
定　　价：	59.80元

版权所有　侵权必究